U0559572

作者简介

孙 颙

1950 年生于上海。

1979 年在人民文学出版社出版第一本小说《冬》。

迄今已经出版长篇小说、中短篇小说集和散文随笔集三十余种。

长篇小说《雪庐》《门槛》和中篇小说《拍卖师阿独》《哲学的瞌睡》等曾在北京、上海等地获奖，近年出版的长篇小说《风眼》引起广泛的关注。

曾任上海作家协会副主席和中国作家协会全委会委员。

长河千帆过

孙颙 著

中华文化思想源流

上海文化出版社

天行健，

君子以自强不息；

地势坤，

君子以厚德载物。

《易经》

过尽千帆

皆不是，

斜晖脉脉

水悠悠。

[唐]

温庭筠

文章为时而作

陈万雄

鸣华兄捎来《长河千帆过：中华文化思想源流》的校对稿，嘱我写一篇序。鸣华兄是一个很认真做出版、很有文化承担的出版人。虽然我已退休，我们也不时约聚聊天，谈的多是我一生致力的图书出版事情。鸣华的吩咐，不会推却，何况是熟人孙颙先生的新作。孙先生是我出版界交往的朋友中，很尊重并佩服的一位出版人。退休后少见面了，讯问也不多，却时在念中。儒雅温文，挺拔俊朗，待人诚恳，做事认真，是典型的江南俊彦。稿一到手，娓娓读来，如见故人，很得教益，也感受良多。

此书是作者透过从盘古到近代的梁启超等三十七位在中华文化思想长河中，风云际会的人物，阐述他们的言行，并评论五千年中华文化思想的源流、变迁与时代精神。此书篇幅虽然不大，但体大思精，深入浅出，脉络清晰，简明可读。尤其对于渴望了解中华五千年文化思想全貌的年轻人，是不二之选的著作。阅读过孙先生这本著作，我有几方面的感受。

首先，中国历史悠久，文化饶富，代有特色，文化大家辈出，要对之有概全而清晰的认识，是件不容易的事。也是当今知识爆炸时代，年轻人花不起时间和精神的。孙先生此书别出蹊径，取精用宏，高屋建瓴，化繁为简，是一很为时代青年设想而用心思的著作。

其次，此书所选取的历代文化思想大家，不拘一格，以能引领一代文化思想的风骚，并对中华文化思想能推陈出新、影响深远者，由此显豁中华文化思想的博大与精深。

再是，作者重视还原历史，设身处地，平情而论；又能以现代和世界视野，点示其间所蕴涵的文化思想价值。此书行文富文采，持论平实，有自己的创见而要言不繁。一去时下著述，夸夸其谈、虚饰蹈空、故作惊人之语之弊。

另外，最让我动容的是，阅读了稿本的头几篇，我就联想起张元济先生的《中华民族的人格》一书。张元济先生是近代中国伟大的出版家，也是一位大学问家。国学大师饶宗颐教授曾多次向我说过，说很多人误会张元济先生只是一位出版家，实质他学问渊博精深，并说他的《衲史校勘记》就足证明。抗日战争期间，张元济先生辑录了秦汉古籍中的志士仁人的故事，译成语体文并作评说，而撰写成《中华民族的人格》这本大众读物。张元济先生所以撰写了这本书，用心明显，为抗日战争，而培养青少年的民族人格，激励国民，以拯救中华民族于危亡。这是中国传统士大夫、近代知识分子"通经致用""文章为时而作"的用世精神。

孙颙先生是一位出色而有成就的出版人，同时他也是一位著名的作家。多年前他的《雪庐》这本小说，就让我一读再读，大为叹赏，也一直期待他退休后从繁忙的出版工作摆脱出来，再从事小说的创作。不期他的新作是一本关于中国文化思想的著作。这固然是孙颙先生在中国文化思想上的深厚学养。另一方面，个人意想，这本《长河千帆过：中华文化思想源流》，乃孙颙先生因应时代，际此中华文化复兴，基于"文章为时而作"的用心而撰写的著作。中华文化和思想，经过百多年的颠簸折腾、汰糟糠存精华的探索与实践，现在正是中华文化再认识、再重整、再创新的时候。孙颙先生此著作之撰写，用心良苦了。

自 序

历史读本，多数以朝代更替为主线。如此编写，优点是时间线索清晰。在长期而复杂的变迁中，史料容易散失，朝代更替的记载，却比较详尽，较少争议。无论哪个朝代，对于自己的开宗纪年，不会含糊。

史书读多了，一个困惑，油然而生：朝代更替，加上详尽的帝王列表，是非历史专业的读者，需要花时间特别留意的吗？按朝代更替编写史书，确实比较方便，不过，对读者注意力的引导，不尽妥善。帝王，数量不少，有作为、值得关注者，凤毛麟角。以朝代更替和帝王年表为主线，并不能囊括历史的丰富性。

历史读本，还有其他写法吗？当然存在。汤因比的《历史研究》，就是以各种文明为对象，将比较分析作为著作的主轴。

汤因比的视野和深度，难以企及。不过，他提供了一种思路：离开朝代更替的主线，注重文明发展变化的源流，也是展现历史进程的好办法。

我渐渐产生一个念头，写一本有个性的历史读本。我向来对中国文化思想源流有兴趣，假如采用随笔的形式，从点评的角度入手，也许可以写得与众不同。本书是在上述构想中形成。致力于简约梳理文化源流，遴选近代以前数十位历史文化人物，从他们的行为和言论入手，倾听几千年思想浪潮的涛声，讨论继承、发展的演绎关系。

五千年以上有记载的中华历史，具备广泛影响力的文化人物，数以百千计。从中选出几十位，本身就是难题。有多少选家，自然有多少方案。好在不求统一，只是一家之言。我在人物取舍方面，除了影响力，较多考虑与民族命运的关联度。此前，曾想用"挂一漏万"为题，既是对漏选者的谦恭之言，同时也是对入选者的致歉之词。选入的文化名人，其思想也许如长江大河般浩瀚，往往只取浪花一朵，稍作发挥。原因，不但是设计的篇幅所限，何况，对于时间紧张的当代读者，如果不是专门的历史文化研究者，能够择其要义，领略一二，大体实现通览的目标，也是浅尝辄止的学习方法。反复斟酌后，又觉得以"长河千帆过"为题，更具意境。过尽千帆，似又未必是，正如探求之道，挺有余味。

选入的，均是有广泛影响的历史文化人物，其代表思想，早就众说纷纭。我未必从众、从前人之说，而是另立规则，舍弃所谓体系的全面关照，主要以影响力，即对后世产生较为独特的引领为主要标准，展开阐述。当然，这里所谓"标准"，也仅是我个人心得，未必精准。以孔夫子为例，传播千年的经典，如泰山般巍峨的儒学，随便选一句名言，就可做出花团锦簇的文章，我偏偏不讨巧，选了有争议的关于"中庸"的命题。也许，这正是我完成此项目的主要动力，不想走人云亦云的熟路。能够自圆其说，是我的标尺。

本书，由神话时期发端，至近代结束。讨论中华文化，从先秦诸子开始，较为普遍。我的看法，广为传播的神话，集中了祖先在文明初创期的认知。中华创世神话，有独特的个性，例如，关于"天地人"的关系，强调了和谐，又注重"人"为基点。这些认知，奠定了中华文化的基本走向。从开天辟地的神话说起，思路更加顺畅。

副题为"中华文化思想源流",因此以收入文化人物为基本体例。为什么在神话时期收入"炎黄"二帝？炎帝与黄帝，与民族国家形成后的帝王不尽相同。尊其为帝，出于古人崇敬之心，他们的所作所为，更像集体行进中涌现的灵魂人物。"炎黄"，属于传说中的人物，跨越的年代，相当悠长，他们身上，汇集了当时部落群体的智慧与行为，并非仅指个体，因此作为神话时期的文化代表选入。

目 录

盘古 〔神话开创期〕天人合一

　　神话，为文明的发端。神话人物，其所作所为，蕴藏丰富的象征意义，预示了文明的走向。在多数中国人的记忆里，盘古是开天辟地的第一人。其实，依据发现的古籍版本，关于创世的开端，比盘古开天更早出现的记载，应该是伏羲女娲创世的故事。神话，原始状态，主要是口口相传，较多的传播者，最后选择了盘古，作为集体崇拜的对象，这是自然的筛选过程。

　　当天地混沌未开之际，万界迷茫，大神盘

古，静卧于气团之中，随混沌的元气生长，成就了难以描绘的巨型之身，最后轰然巨响，破气现身，用一己之伟力，撑开了天地，与天地共生齐长，难解难分，这是版本一；版本二，则说伏羲女娲出现于昆仑山脉，他们本是兄妹，有感于天地的荒寂，结为夫妻，开拓广袤的世界，繁衍了无数的子孙。两个版本，各有不同的部落广为传说，不胫而走。自然演绎的结果，渐渐是盘古的故事获得更多的知音，深深烙进民间的记忆，在中华土地上，说到开天辟地，老百姓的第一反应，便是巨人般的盘古，高高托起了蓝天白云。

女娲造人，女娲补天，虽然也是神话中耳熟能详的内容。但涉及创世神话的缘起，伏羲女娲的故事，则似乎被民间演绎为对盘古事业的延续。说到开天辟地之原初，在人们脑海里，盘古的形象特别鲜明生动。按说，伏羲女娲的男欢女爱，比孤独的盘古，更加色彩斑斓啊！我曾经反复推敲这个疑惑，也得出了自己的大胆猜测。我想，古人不满足于把世界起始定于伏羲女娲的现身：既然昆仑山已经巍然耸立，那么之前的情形又是如何呢？我们回想自己思维的成熟过程，难免都会经历如此的反复质疑：前面的前面是什么？原因的原因又是什么？智慧，正是靠这样的诘难开花结果。我由衷佩服中华祖先的想象力。不停地往前探究，一直探究到混沌未开的气团，探究到盘古的破气而出，简直与现代宇宙学的主流认知，一切诞生于大爆炸的学说，有异曲同工之妙啊！当然，不必把这种巧合过分拔高，说它预言了几千年后的宇宙科学，我只是深深感叹祖先独特奇异的思维！

我们无须争论盘古与伏羲女娲版本的正宗性。其实，它们应该是互相补充的民间传说，而且具备相似的理念，或者说，其中的意蕴，有别于地球上其他民族的创世传说。在盘古和伏羲女娲们的故事里，在口口相传的主流版本里，另外的高高在上的力量是缺位的，也可以说是模糊的，隐身的。中华创世神话中，没有明确的可以决定盘古们行为的神，他们自身，正是创造世界的伟力。

这个特征，在前述盘古的创世图景里，演绎得十分充分，生动丰满，绚丽可爱。盘古用一己之力，于混沌中撑开天地，天高一丈，他也长高一丈，这位人神兼备的巨子，气力渐渐耗尽，现出了我们凡人可以想象的疲态。他累了，躺下来，躺在他创造的大地之上。他毕竟不是凡夫俗子，虽然倒下，伟岸的身躯，继续着他创世的大业。他的眼睛，他的四肢，他的血液，他的精气，纷纷转化成天地间美好的一切：日月星辰，山川河流，树木花草。在盘古倒下的巨响中，大千世界，轰轰烈烈地诞生了。这里，特别需要注意，日月星辰，运行在天空的种种，和大地上的万事万物，并无高低上下之分，全部是盘古的化身，实在地打破了天上地下的界限。

中华创世神话的第一幕，鲜明地展现了我们祖先的认知：创造世界的是神，也是人，盘古，包括伏羲女娲，本来就是人神合一，难以切分。

"天人合一"，作为一种深邃的哲学观点，要到很久以后，才被抽象出来。比如，当孔子论述"大人"与天地四时、日月鬼神的关系时，就表达了他对此种认知的赞赏。不过，盘古身为创世的实践者，其行为正是这一哲学认知的形象写照。这个哲学思想，肇始于中华创世神话的开篇，说盘古们体现了"天人合一"的真谛，恰如其分。

"天人合一"的思想，在中华文明漫长的进程中，渐渐成为一种共识，一种信仰，指引着文化科学诸方面的探索。

炎帝 ［神话时期］民生为先

　　我曾经想过一个问题，似乎在钻牛角尖，其实颇有意味。我们称自己是炎黄子孙，原因在于，中华文明开创初期，在黄河流域，后代称为中原的土地上，两大部落曾经特别强盛，部落的标志性领袖，分别是炎帝和黄帝。两大部落，缘起同宗，属兄弟关系，不过，因为原始时期的生存资源有限，难免会发生争夺资源的冲突。此消彼长，此长彼消，是可以想见的形态。在此过程中，黄帝统帅的部落联盟，日益发展，渐渐占据了上风。上古之事，本无记载，我们阅读到的古籍，均为后人补记，依据当然是民间的口头传说。后世用文字记载的史料，一般以胜利的黄帝及其部落为尊，在所谓三皇五帝的上古叙事里，黄帝被命名为"中央大帝"，其地位之高，显然没有异议，而炎帝及其部落，到后来处于从属的地位。据说，决定部落命运的一次大战，是号称"阪泉之战"的冲突，炎帝他们落败臣服。再往后，炎帝部落遭受蚩尤欺负时，甚至请求黄帝出面保护。那么，在我们讨论中华民族由来之时，为什么称自己为"炎黄子孙"呢？

提出这个问题，是钻牛角尖吗？有人说，炎帝在先，黄帝在后，是最为简单的理由。我想，不尽然。炎帝与黄帝，称雄有先后，在古籍中虽是说法，争雄结果炎败黄胜，也是不存在歧义。按历代史官的一般写法，或者按民间口传演绎，自然胜者为尊。我思考的方向，不是炎帝黄帝个人的排列顺序。既然称"炎黄子孙"，涉及后世繁衍，基因传播，那就不能单单依赖炎黄个体，而是庞大部落的群体贡献。

　　原始时期，祖先们生存的最大困难是什么？首先是食物！原始部落离开森林，来到平原，人口慢慢增长，靠远古狩猎方式，获得的食物，已经无法满足部落的需要。传说中，炎帝痛感于民众饥饿之苦，见鸟类衔来种子，落地生长，受到启示，便率领部落民众开启农耕事务，使古人获得了安身立命的基业。这类故事，把农耕文明的开启，归功于炎帝的亲力亲为，你可以质疑其可靠性，但是无须过分较真，传说仅仅是把祖先们的功业，集中到他们的首领身上。我们能够想象的情形，是中华农耕文明诞生的过程。炎帝及其领导的部落，往往又被称为神农族。单就这一称呼，就可以知晓，他们在农耕肇始和发展中，做出过重要的贡献，为自己部落，也为中原大地上的芸芸众生，奉献至伟。

顺便说一下，农耕文明的特点，是"安居乐业"。在一块土地上扎根，把生土培育成熟土，是生存繁衍的可靠形式。农耕文明，比之其他文明，比如游牧文明等，更注重稳定，较少迁徙，不喜好扩张，是文明发育天然包含的元素。

古人另一个大痛苦，是患病后的医治。部落民众在荒山原野间生存，与野兽生死搏击，尽管他们的体魄也许比今人强健，但病痛和伤残依旧常相伴随。于是，又有了新的传说。据后人补记的历史，炎帝部落与黄帝部落的战事失利之后，炎帝退出争斗，爬山越岭，四处寻找可以治病的草药，即所谓"神农尝百草"故事的由来。这里，又是把中国医学的开启，归结到炎帝身上。我想，这么宏大的事业，应当是神农一族集体的功劳，炎帝则是他们的灵魂人物。

炎帝和他的部落，正是因为上述种种事迹，

才被历史称为"神农"一族，在解决古人生存的问题上，贡献巨大，因此享有崇高的地位。民生为先，令我们永远仰望。

几千年来，当我们的民族遭遇巨大的灾难，百姓生存困苦之际，炎帝的身影，会飘然出现。天下什么问题最大？吃饭问题最大。"穿衣吃饭，即是人伦物理。"这是明朝晚期，饥民遍地的年代，一位文人的概括，他是深深得到了炎帝思想的真传。

黄帝 [神话时期] 厚德载物

　　根据古籍的记载，我们知道，远古时期，中原大地曾发生两场重要的战争，前面提到的"阪泉之战"，是炎帝领导的部落和黄帝领导的部落之间的冲突，目标是争夺对土地资源的控制。结果是炎败黄胜。在此之后，有另一场更为惨烈的战争。关于战争的内容，记叙不尽相同。有的版本认为，"阪泉之战"以后，炎帝认输臣服，宣称永不反叛，但是炎帝部落联盟里的蚩尤不低头，继续反抗黄帝的领导，结果被黄帝打败擒杀。也有另外的版本，说是蚩尤叛乱，驱逐炎帝，自立为帝；已经成为公认统领的黄帝，主持公道，为帮助炎帝的部落，出面平息了叛乱。两个版本，有一点相同，就是与黄帝打仗的对手为蚩尤。

被称为"涿鹿之战"的这场战争，持续了很长的时间，打得难分难解，昏天黑地。开始的时候，黄帝的部队，并不占上风。蚩尤的战士们，勇猛善战。蚩尤的部落，掌握了比较先进的冶炼技能，手中持有不少金属武器，搏击时优势明显；蚩尤甚至还手握秘密武器，喷射出铺天盖地的"气雾"，让黄帝的部队辨不清东南西北，被动挨打。这玩意，到底是什么，无从查考，神话时期的故事，允许异想天开。黄帝的部队，最后竟然依靠指南车，冲破迷雾，也是匪夷所思的奇迹。因此，有一种见解，说指南针的发明，就是在黄帝战蚩尤的年代，真假莫辨，我们难以细究。总之，黄帝的部队，是经历了血与火的残酷考验，才艰难地获得了胜利。从古籍记载来看，黄帝并没有因为战事严酷，而对战败者大开杀戒。主犯蚩尤必须伏法，这点没得商量，否则无法震慑叛军。在其他方面，黄帝显示了宽容大度。对比远古领袖的作为，后世的战争，特别是胜利者对于落败一方的惩罚，往往严厉得多。仔细讨论起来，原因纷繁。遥遥体会黄帝行为的气度，还是能够有所收获，对祖先肃然起敬。

古籍各种版本，对涿鹿之战的前因后果，记叙有异，但是，关于黄帝为人为事的表述，却大体统一。看遗留至今的多种黄帝图像，典型的王者风范，天庭开阔，威而不猛。这里有史家的美化和赞誉，但是，与民间口口相传近似，认为黄帝宽厚仁义，"养性爱民，不好战伐"，特别是对战败的部落，不赶尽杀绝，允许他们继续获得必要的土地资源，生存繁衍；甚至伏法的蚩尤，也允许族人祭祀，享受哀荣。

据说，黄帝还将蚩尤的部将及后人收编麾下，乃至封为神将。黄帝这套攻心为上的怀柔政策，在中国历史上，被后人反复模仿。西汉初年，刘邦和其后的文帝景帝，崇尚"黄老之术"，其要义就是与民休息，当然也是与各地诸侯相安无事，以收拾多年战乱后的民心。再比方说，几千年之后，诸葛亮平定西南、七擒孟获的故事，发生的地域，虽然与黄帝战胜蚩尤的方位截然不同，但是其战略目标，特别是对待少数民族部落的态度，则大体相近；饱读古籍诗书的南阳卧龙，也许正是接受了黄帝的智慧。

古籍的记载，或多或少有些理想化的意思，把上古认作治理社会的标杆状态，从所谓"教而不诛"的理念，发展到"修德整兵"的必要，是理想与现实的妥协。当战争难以避免的时候，讲究武德，威德并用，战胜对手和收复人心并重。综合各种记载，作为神话时期杰出的部落领袖，黄帝具备强大的治理能力，有较为宽广的政治视野，并形成了获得四方拥戴的威望，还是比较可信的史实。

符合古籍记载的佐证，是中华民族大融合的开启。假如说，中原地带的炎帝神农、黄帝轩辕等部落民族，尚有同根同源可寻，那么，南方的各种部落，比如蚩尤所率领的联盟，应该属于不同的原始族群。黄帝领导的联盟战胜之后，宽容仁厚的安抚，是各部落心甘情愿归顺的基础，天下平定，战火顿消，四野和顺，民众安居。战胜蚩尤，对黄帝是极大的鼓励，他加快了对远古部落统一的步伐，依旧是和与战的两手，德威并重。中华多民族大融合的历史，由此启航。远古领袖人物的智慧与远见，至今惠泽中华子孙。

由此来看，中华疆域的形成，并非靠简单

的武力征伐，肇始期就具备强大的凝聚力，因此疆域比较稳定。

仓颉 〔神话时期〕文字一统

　　仓颉是黄帝的史官。远古时期，多数人进行的劳作，是体力活，狩猎，农耕，或者按照部落生存发展的需要，进行争夺资源的战事。需要思考谋虑，乃至需要做一点帮助谋略的记录，是部落首领以及首领助手的事情。黄帝获得各部落的拥戴，史书将其称之为"中央大帝"，自然需要承担复杂的组织领导和各方治理的事务。在此情况下，史官的诞生，帮助黄帝记录不可忽视的信息，成为急迫的需求。当时的史官，职责还不像后来的太史公那么单纯，恐怕不是端坐在僻静场所，仅仅做一个客观的记录者，再加上对前人行为冷静的评判者。仓颉的责任会宽一些，他还要随时帮助黄帝处理当下事务，至少需要回答黄帝的各种咨询，让黄帝的决策，有过往经验的参照。

如果别人还没认识到文字的必要性，坐在仓颉的位置上，感受就不同了。更早之前，结绳记事，已经有了。那个记录，过分简单，记载狩猎战利品的多少，勉强应付；稍微复杂的问题，画两个图形，太阳，月亮，动物形状等等，也只是临时辅助记忆；更加繁复的事情，比如各部落商量行动的结论，特别是如何进行部落联盟之间庞大的战争，靠结绳或者靠两三个图形，是没法完成了。仓颉应当是高智商的人物，否则也不会被选择到史官的位置上。不过，他的脑袋，毕竟是人脑，不可能记住所有的事情。还有一个性命攸关的问题。如果仓颉的记忆和其他部落领导人的记忆产生差异，应该相信谁的脑袋呢？争吵起来，没有旁证，说不定是会掉脑袋的。

在这样的需求之下，创造一套被大家认可的文字系统，已经刻不容缓。我们难以想象，复杂如斯的中文系统，能够完全被仓颉的大脑袋生造出来。合理推演当时的情况，应该是仓颉运用黄帝史官的有利位置，搜集了诸多已经产生乃至流传袭用的原始文字，从图形逐渐演绎出来的表意、指代符号，加以归纳整理，形成能够应付比较繁琐记叙的文字系统。仓颉的重要奉献，在于选择、综合、整理和提炼，按现在的说法，他担当的是"集成"的职责。祖先把创造文字的功绩，归于仓颉一人，为我们留下一位文化神人的形象，属于神话时期的通例，就像把中医的创建，归于炎帝个体一样。

仓颉造字，祖先看成惊天动地的大事件，

即所谓"天雨粟，鬼夜哭，龙潜藏"。这里，最大的看点，甚至可以视为千年文化之谜的，是中华文明五千年延续与汉语文字的关联。地球上的古代文明，使用象形文字的，并非只有华夏一家，像现在属于中东地区的两河流域，就使用过象形字。后来，其他各种象形文字纷纷泯灭于历史的长河，面对拼音文字的冲击，丝毫没有招架的能力，后来，仅在考古和历史研究方面得到重视。象形文字颓败的趋势，甚至影响到五四新文化运动的领军人物，他们纷纷认为，中文坚持祖宗的定制，无法持续，走拼音之路不可阻挡。这样的见解，五四之后并未消亡，直到二十世纪七八十年代，由于电脑的兴起和中文输入的困难，关于方块汉字将要消亡的舆论，再次席卷而来。

现在，对于这种忧虑，我们未免一笑了之，中文与数字技术，早已和谐相处。不过，是否可以再深入想想，仓颉以来生生不息的中文系统，为什么不仅丝毫不输于拼音文字，甚至具备他者所没有的强大优势？

香港已故著名学者饶宗颐先生的意见，值得我们三思。他在学术著作《符号·初文与字母》一书中有大胆的推论，或者说大胆的猜想。他认为，早在仓颉造字的年代，我们的祖先已经接触了其他民族的拼音文字，但是，没有受其影响，有意识地走了独特的文化发展道路。这个"有意识"的说法，非常值得品味。

从几千年的历史来看，这条独特的文化之路，有益于中华民族的统一大业。中国地广人多，单单是汉民族，各种地域的方言口音，就是千变万化。北方人学闽南人说话，学温州人说话，其难度，大约不亚于学一门外语。如果采用拼音文字系统，便不知会有多少种互相难以辨认的形体。一统天下的汉语书写，极大地夯实了文化的向心力，我想，这是显而易见的事实，饶先生"有意识"的注解，可以落脚在此。

台湾某些小丑，曾经想在文字上动歪脑筋，废除中文，搞所谓的台湾文字。苦心经营多年，丝毫撼动不了仓颉老先生打下的根基，也从反面证明了汉文字对于五千年文明进程的基石作用。

仓颉老先生，以他特有的智慧之目，在九天之上向我们微笑。今天的种种，仿佛早在他的预料之中。

大禹 〔神话尾声—夏朝〕 自强不息

在中华创世神话人物中，大禹的形象特别丰满，创造的业绩多方面呈现，对后世的影响也十分广泛。比如，他和治水的团队，走遍了广袤的土地，是后来"九州""神州"概念的基础。中华疆域形成的雏形，从原初考证，就是发端于各部落各族群协同抗击天灾，不像有的国家，靠战争和掠夺原住民的土地资源起家。再比如，为了增强治水的合力，分配各部落需要提供的人财物，这是"赋税"体系的先导，直接促成了民族国家的产生。这里，我们依照民间传说的约定俗成，仅重点讨论大禹业绩显性的方面，即在领导治水大业中，所表现出来的可贵的民族精神。这种精神，用《易经》高度浓缩的语言，可概括为"天行健，君子以自强不息"。

大洪水导致大灾难，是地球上普遍遭遇过的困苦，在东西方各民族的历史中，分别有大同小异的记载。分析大洪水产生的原因，不是我们探究的方向。我们注意的问题，是祖先如何面对大洪水的袭击。

当滚滚洪水铺天盖地袭来，中华民族的祖先，没有选择逃避，不是逃到昆仑山上避难，也没有造几艘大船逃生，更不是一味跪拜天神，祈求上天的拯救。英雄人物挺身而出，成为民族抗击灾难的中流砥柱。

先是鲧被尧选出来治水。治了九年，没有成功。据说，鲧甚至盗取天庭的息壤用以治水，可惜，具有自动生长神力的息壤，依旧挡不住滔天巨浪。鲧治水失败，并且因为偷盗神物导致天庭震怒，英雄末路，伏法被诛。后来，舜接替尧为帝，也接下了治理洪水的难题，他慧眼识人，力排众议，选了罪人鲧的儿子禹，让他继续承担治水的重任。禹不负众望，带领各部落的精英，从黄河源头出发，探求治理的途径，走遍千山万水，历经千辛万苦，最后把洪水导入大海，完成了巨大的历史功绩。

简要叙述治水的故事，是为了说明，几千年来，一直被敬为顶天立地的民族英雄，是在忍辱负重之际出山，筚路蓝缕，百炼成钢。所谓"自强不息"的意志，往往在逆境之中锤炼出来。鲧获罪伏法，禹青少年时代的遭遇，其艰难困苦，不言自明。他坚强地闯过了疾风暴雨，勇敢地承担了落到身上的使命。民间赞誉，不吝词语，称大禹治水，多次过家门而不入，其品格，其形象，令人高山仰止。

　　我并不在意鲧与禹在治水方面的路径区别。有的后人评说，过分强调父子俩在科学性上的差异，未必公允。其实，所谓"堵"与"导"，实践中都是治水过程常用的手段。鲧的失败和禹的成功，有治理方式的差异，更有个人性格品德方面的原因。比如鲧过分自信，不重视他人的意见，而禹更善于发挥团队的力量，更有全局观念。同时，父子俩也受制于天时地利人和的因素，比方说，禹获得的信任和授权更加彻底，使他能够心无旁骛，调动广泛的力量，齐心协力地完成治水的大业。至于鲧盗取息壤之说，真真假假而已，有人将其比作西方神话普罗米修斯盗火，其实无须细究，夸张和遐想，甚至完全虚构，在神话里允许存在。

　　失败与成功，都是英雄旋律。特别打动我

们内心的，是从鲧到禹那一段悲壮的历程，前仆后继，为民族的生存，百折不挠地奋斗。

后人所仰望，所歌颂，正是这一种顽强的民族精神。几千年来，每当中华民族遭遇艰难困苦，必然有如此的英雄人物挺身而出，率领大众，爬山涉水，披荆斩棘，百折不挠地奋斗。英雄豪气，出自无数民众的丹田，这样的民族，没有任何力量能够打败。

周公 ［商末—周初］ 礼乐安邦

　　大禹治水成功之后，中华土地上的神话时期结束了，或者说，部落主导的时期，大体终结，随之，神州渐渐走向一统，是民族国家形成的开端。

　　由于史料的缺乏，民族国家初期的状况，不是十分明朗。考古的进展，慢慢揭开了尘封的帷幕。虽然争议不少，但是框架清晰起来。多数学者的共识，夏朝，四百七十余年，商朝，约五百年。与后来显赫的汉或唐相比，夏、商朝的时间跨度要长得多。两个朝代，合起来历千年之久。古代社会，慢生活的节奏，朝代更替也缓慢。按考古发现，夏商千年之际，青铜的冶炼，玉器的制作，纺织的进步，都显而易见，城市的繁荣，也初见规模。遗憾的是，文化思想方面，留下的影响后世的内容不多。目前可以查考的历史记载，较多反映的是上层的争斗以及朝廷与各地分封诸侯的矛盾冲突，诸侯之间的大小战事，也屡见不鲜。这个时期，贵族统治者的奢靡腐朽，表现得非常突出，夏和商灭亡前的衰败年代，情形特别严重，酒池肉林之类荒唐的描述，令读史者无言可说。新建立的民族国家，统治者力量强悍，却没有相应的制度约束，也没有系统的前朝兴亡的教训，恐怕是放任掌权者胡作非为、令社会处于黑暗与混乱的重要因素。

这种趋势的扭转，与周朝的建立，有直接的关系。其中，周公的思想和行为，起了相当明显的作用。周公，是周文王的儿子，周武王的弟弟。他辅助周武王和武王的儿子周成王，在周朝的建立和稳定方面的建树，是被史书充分认可的。

周公辅佐周武王周成王治理天下，其指导思想是"礼"和"乐"两个字。如果不联系夏商两朝的情况思考，恐怕难以理解，治理之道丰富，周公为何突出"礼乐"之说，似乎太简单稚嫩了些。其实，这种诘难，是脱离了当时社会的实际，没有理解周公的煞费苦心。

夏商两朝统治者，昏乱奢靡腐败者不少，与民族国家新建、制度的约束严重缺位相关，从上到下，各种约束缺位，整个社会秩序没有建立起来，并非仅仅是个别人物的品格导致。要改变这样的趋势，新建立的周朝，必须从整肃秩序着手，建立涉及社会各个层面的行为规则，各安其位，不准逾越，即后来孔子归纳的"君君臣臣父父子子"，这就是"礼"强调的内容。"乐"，则是体现这种秩序的文化符号，什么地位才能使用何种音乐，与后来什么官戴什么帽子是差不多的意思。同时，周公意识到文化对人心的引导作用，用美妙的音乐，包括用其他的艺术手段，安抚社会，特别是安抚下层贫困的众生。"乐者，天地之和也；礼者，天地之序也。"《礼记》中的话，表明了周公思考问题的角度。

周公被史家认可，除了他的思想切合社会实际，还在于他言行一致，他要求别人做到的，自己绝对不含糊。他辅佐武王和成王，恪尽职守，丝毫没有非分的念头。特别是在武王去世而成王年幼的时刻，周公挑重担时丝毫不退缩，呕心沥血，一旦成王能够独立处理国家大事了，周公没有贪恋权势，默默地退了下来，保证了周朝更替的安然有序。

　　周公为周朝开国所耗费的心血，结果如何？周朝顺利地运行了很长的时期，整个周朝，西周与东周，其间当然有波澜，有战乱，不足为奇，总体来看，还算不错，特别是西周时期比较平稳。到了东周，周天子的权威已经式微，周公设计的"礼乐"那套被丢弃了，被不尴不尬地供奉着，即所谓"礼崩乐坏"，实际进入春秋战国诸侯称雄时期，仅勉强维持着周朝的旗号。不管怎么说，周朝前后长达八百年，是后代亦算绵长的西汉东汉时期的两倍，创造了华夏历朝历代首屈一指的纪录，与朝代之初周公的奉献不无关联。因此，直到周公之后约四五百年，孔子还在仰望周公，称周公治理的岁月，是梦中的理想世道。

老子 ［春秋战国时期］

"有"与"无"的哲思

东周时期，周天子对诸侯的控制日益衰退，进入诸侯争霸的春秋战国年代。思想文化，却呈爆发之势，即进入所谓"百家争鸣"的状态。在此之前，文化思想，基本服务于上层统治者，几乎没有独立显示的机会。直到诸侯割据，秩序紊乱，文化人物才有了脱颖而出的可能。

其中，老子十分耀眼。原因，不仅仅是他露头较早，比孔子年长，很早就被尊为"智者"，更主要的因素，在于他天马行空的个性及治学之道。诸子百家，以追求学而为用者居多，老子特别，他似乎并不在乎诸侯的重视，悠悠然逍遥于天地之间，思考着旁人难以理解的古怪问题。其智慧之高，连孔子也由衷叹服，曾虚心求教于他。称老子是中华历史上独步天下的大哲人，绝非过誉。

老子留给后世的，是一部《道德经》。对这部天书的解释，千人千面，甚至连版本都难以统一认识，因为有新的出土文本，真伪难以定论。争论的纷纭，丝毫没有减弱老子的影响力，反而增加了被不断探求的魅力。

如果说，关于"道"的概念，是老子认识世界的起点，是他遐想出来的天地原点，那么，"有"和"无"，则是他的思想得以随心翱翔的一对翅膀。在老子那里，"有"与"无"，形影相随，互相转化，由此可以认识和理解大千世界，即所谓"万物生于有，有生于无"等等。

凡大智慧，表述的特征，往往是简明易懂，"有"与"无"的提出，显示了老子学说深入浅出的魅力。因此，"有"与"无"，属于老子思想的基础部分，并不存在争议，不过，正因为它们通俗，随处可以触及，导致对这两个简单字眼的阐述，汗牛充栋，难以一一道来。

　　比方说，有人提出，"有"可以代表物质，"无"可以释为精神。听上去很别致，其实破绽明显。假如在"有用"和"无用"方面，物质与精神说还勉强讲得通，面对"有为"与"无为"这一类的词组，强调分别代表形而下和形而上，就相当牵强。拿物质与精神去解释"有"与"无"，是想用现代人的概念，去套数千年前哲人的思维，不是聪明的路径。

　　老子的思维，相当成熟而严谨，不轻易判断高低是非。因此，我们理解他的论述，同样忌讳代替他做简单的定论。比方说，有人认为，老子重视"无为"，看淡"有为"，在他那里，"无为"高于"有为"。我想，又是把自己黑白分明的习惯，去套老子的哲思。假如"无为"是高于"有为"，那么，"无为而无不为"的境界，又如何解释呢？"无为而无不为"，是让"无为"演绎成更高形式的"有为"，所以难以用高低来区分二者。老子哲思的习惯，不是为了获得简单的定义，强调的是在比较中看清万物，在万物的对照和依存中知其变化。

因此，理解老子关于"有"和"无"的本意，正确的方向，是悟其哲思的过程，哲思的方式。对几千年前的老子学说，硬要简单地对每个字做出今人的解释，或者硬要讨论清楚哪句话是老子说的，哪句话是后人演绎的，其实没有多大意思，并且容易步入歧路。

老子的哲思，飘忽于天地之间，并非着力于解决单个问题的是非，其意义，在于深深影响中国人的思维习惯。老子留给后人的思想财富，是要习惯多角度地认识事物，分析不同，寻找相似，注重转化。我想到一个实例，中国绘画的重要手段，是所谓的"留白"。美术界是否考证过这种手段的起源，我不清楚。我猜测，创造"留白"的古代艺术家，其思维方式，多少受到"有"和"无"哲思的影响：泼墨为有，留白是无；留白处可以为"空"，也可能看出具象。只有意识到两者结合的美妙，品味黑白过渡时的虚虚实实，才能深远地展现世界之美。

需要今人努力的，是充分领会老子哲思之美，而不是主观地把某种解释，把自己想当然的意会，当成新大陆式的发现，作为独一无二的认知，强加到哲人的文本上。字面的有解或者无解，版本的正宗或者修订过，并不是研究的要紧处，读通《道德经》类似绕口令的文字，领悟他思考问题的路径，不斤斤计较于每一个文字的解释，着力于他分析思辨的方法，才会获得天高地阔的感受！这正是老子魅力所在。身后几千年，老子的智慧，让多国学者惊叹，早已走出中华文化圈，成为世界级的大思想家。

孔子 ［春秋战国时期］中庸

　　孔子的学说，集中反映在其弟子记录的《论语》里。孔子与老子做学问的方向不同。老子致力于悟道，孔子则追求致用。由于后世把孔子视作圣人，儒学在很长的时间里，站在中华文化的高端，所以逐渐演变为无所不包的庞大体系。其实，把过分华美的包装卸掉，可以看清楚，孔子主要表述的想法，是治理国家和社会的实用之道，真正达到形而上的思想范畴的内容，并不多。有一条比较醒目，即被孔子反复提倡，说成是至高德性、最高智慧的标杆，那就是"中庸"。最早提出"中庸"思想的，并不是孔子，但是，被孔子拔高了着力提倡，"中庸"在文化历史中的影响便相当显著。

有人会产生疑问，为什么五四时期的主将们要狠狠批判"中庸之道"？仔细一想，倒也不奇怪。五四新文化，把打倒孔家店作为旗号，孔子提倡的东西，挨批就很正常。再说，当时的中国，需要进行推翻三座大山的革命。在你死我活的战争里，讲"中庸"，显然不合适。

关于"中庸"本身的意思，存在不少争议。批评者，从字面出发，认为"中庸"把思维导向折中主义，即"以中为用"，不辨是非，和稀泥。赞成"中庸"之说的，认为折中并非"中庸"的正解，"中庸"反对的是走极端的思维，"执其两端而用之"，思考问题忌讳偏激，处理事情不能过头。希望正确理解"中庸"价值的学者，进一步指出，清末对知识界文化界的严酷统治，连"清风不识字，何故乱翻书"这类写着消遣的文字，都可能导致夷九族的残暴，文化人痛心疾首，因此在辛亥革命前后，在五四新文化运动狂飙突起之际，扫荡旧文化用力过猛，连"中庸"等有价值的认知一起扫荡出门，实际鼓励了社会中的极端倾向。激进的口号和招牌，在天翻地覆的动荡年代，往往容易打动普通人群的内心，振臂疾呼，应者云集。一旦跨过疾风暴雨的岁月，继续标语口号式的思维，将使中国社会的发展进步，难以走上平稳健康的轨道，因此，要科学评价"中庸之道"，使社会大众，特别是知识分子具备更强的理性。

其实，在孔子那里，"中庸"，不仅仅是认识事情处理问题的方法，更要紧的，是知识分子的修养，是人格品行的磨炼，所以，孔子会把"中庸"称为至高的"德性"。知识分子，比一般民众获得更多的教育，承担着引导社会朝正确方向进步的责任，你自身的修养品性十分重要。你不能因为某种利益的考量说不负责任的过头话，你也不能因为自己的情绪和心情随意发散过激的言论。"慎言"，是孔子的忠告，是"中庸"人格的外化：不分场合，滔滔不绝，始终巧言令色、口若悬河，那就是张狂了。

中文，有一个褒义词，叫"儒雅"，对于带兵打仗者，又有一个词，叫"儒将"。能够被称为"儒雅"的文化人，或者被称为"儒将"的指挥官，绝对不仅仅是多读几本书的原因，而是在其身上，从骨子里散发出来的文化修养品性，当然包括不走极端、处事稳妥、临变不慌的"中庸"。至于为什么用一个"儒"字冠名，也很好理解，孔子的儒学，长期处于中华文化的统领地位，溢美之词，也就容易与"儒"字沾边。

"中庸"，长期左右着中国文化的走向和中

国读书人的情趣。孔子之后，儒家重要人物孟子，关于"中庸"对修身养性之重要，有精彩的论述。汉唐宋明各个时期，儒家代表人物在这方面的发挥，后文会陆续涉及。清统治约三百年，清廷对中国文化传统采取实用主义，合意即用，否则消解，连编选《四库全书》，也是以清皇朝的需要进行取舍，中华文化传承，被割裂得很厉害。五四新文化运动，意在拨乱反正，在批判清皇朝的暴虐时，将儒学作为无用的垃圾扫除，包括把"中庸"视作消极有害的字眼，并非理性。理性思维少了，极端的思维就会乘虚而入，实在令人叹息。

对孔子和儒学，正确的态度是科学分析，糟粕坚决摒弃，有价值的思想应当继承发扬。比如"中庸"，作为理性思维的尺度，作为知识分子人格修养的标准，需要回归对它的常识见解。

孙子 ［春秋战国时期］ 上兵伐谋

先秦诸子，讨论思想文化、社会治理者多，专注于军事问题的很少，在这个方面，首推孙子。

孙子，即孙武，齐国人，去吴国后受到重用，成为著名军事家，后世尊其为"兵圣"。其所著兵法十三篇，是世界最早出现的军事著作，直到今天，还是被各国研究的兵家学术名篇。民间闲聊，喜欢把大家熟悉的"三十六计"和"孙子兵法"混在一起说，并不恰当，因为两者不是一回事。现在可以考证的"三十六计"早期文本，出现的时间，比"孙子兵法"晚了上千年。不过，"三十六计"，为熟读孙子著作者所创，其中的一些内容，脱胎于"孙子兵法"，这点可以肯定。

在"孙子兵法"中，关于战略问题的考虑，是最为出彩的部分，也是其影响延续两千多年，至今被津津乐道的重要原因，不仅引导历来的政治家军事家思考问题，其精髓还能深入民间社会的角角落落，左右着各阶层的认知，比方说，古往今来，成功的商业人士，往往熟悉孙子兵法的韬略。

"上兵伐谋"，属于孙子战略思想中的精华，是提纲挈领的警句。它与孙子强调的能战而"非战"、"不战而屈人之兵"结合起来，构成"孙子兵法"战略思考的核心内容。

"上兵伐谋，其次伐交，其次伐兵，其下攻城。"这个顺序，清晰地展现了孙武思维的高度。他把强行攻城作为不得已的下策，因为攻城战斗往往十分严酷，即使与"伐兵"对照，即两军对阵的厮杀相比，攻城一方的伤亡可能更大。在古代，攻城的巨大伤亡，还会让进攻者失去理性，一旦破城，经常导致屠城的惨剧。孙武绝对不是好战的一介武夫，不愿接受"一将功成万枯骨"的骂名，所以宁可"伐谋"，尽量用谋略去战胜对手，让对手在各种逼迫压力下，内部混乱，军心动摇，不战而降。如果谋略达不到目标，外交手段也是十分有效的武器。春秋战国时期活跃着许多纵横说客，正是各种外交手段的实践家，有光明磊落的外交，也有不上台面的阴谋，如鸡鸣狗盗、离间陷害之类，与当下各国情报、特务机关的作为差不多。纵横家们活跃于春秋战国的舞台，与"孙子兵法"提倡"伐交"互为因果关系，是孙武对现实的概括，反过来，这种理论又促使了说客和阴谋的盛行。既然国与国的冲突无法避免，在动刀动枪的屠杀之前，穷尽"非战"的手段，是孙武的基本想法，或者说是被他崇尚的武德。所谓"非战"，所谓"不战而屈人之兵"，不是一种姿态，不仅是获取民心的手段，应该是政治家军事家的信仰。"兵者，国之大事，生死之地"，不能轻易用它。

孙武对后世的军事家影响深远，比如，民间喜欢的三国时期的诸葛亮，是"孙子兵法"优秀的继承者。四川武侯祠，有一副著名的长联，上联"能攻心则反侧自消，从古知兵非好战"，是歌颂诸葛亮，也是赞美"孙子兵法"，诸葛亮把孙武的思想实践得很出色，他擅长谋略，善于伐交和攻心，七擒孟获，是街头巷尾乐于闲聊的故事。

当今世界，军事家们"伐谋""伐交"的手段越来越新颖，可以用电脑推演各种可能性，测试政治和战事从宏观到微观的成败得失。外交和"非战"的特殊手段，比如"和平"渗透对方国家，特种部队潜入破坏，甚至搞金融破坏和网络黑客入侵。技术手段翻新了，新式装备令人眼花缭乱，思维能不能达到中国古代军事家的高度，真诚地信仰"上兵伐谋"，倒是很难说。

庄子 [春秋战国时期] 万物平等

　　回望先秦诸子，庄子的形象，似乎被老子巨大的身影笼罩，缺少独立的风范，所以后人习惯称他们为"老庄"，就像孟子被孔子遮掩，合称为"孔孟"。其实，庄子与老子的不同之处，还是很多。在对于天地自然的认知，或者人必须顺应天地自然的感悟方面，即对于"道"这个柱石的维护方面，庄子非常坚决地站在老子的立场上。不过，深入讨论对于天地自然的认识，庄子要比老子具象得多，感性得多，激情得多。老子是端坐于天地之间，虚位临风，安详地思考着他的大智慧；庄子则没有那般安静，他好动，充满旺盛的生命力，正如他笔下活跃于蓝天白云之中、凭风翱翔的鲲鹏。读《道德经》严谨的哲人语言，比较庄子那些汪洋恣肆的篇章，可以清楚地感受到双方的区别。

解析大千世界的来龙去脉，庄子继承了老子的"道"为本源的论述，所谓"道生一，一生二，二生三，三生万物"。不过，庄子提出了非常重要的补充，即"万物平等"。对于人类世界，即使发展到今天，这个论述依旧代表着先进的认知。

庄子写过的文章之多，在惜字如金的古人之中，算得上鹤立鸡群。他特别喜欢写与动物有关的文章。他描写过的动物，大体量的有虎牛马之类，小个儿的有蜗牛老鼠青蛙乃至蚊子，天上飞的鸟，水里游的鱼，都是他注意表现的对象。愈发奇妙的是，他对动物的描绘，到后来大量地沉淀为成语，丰富了中国语言文化的宝库，如"沉鱼落雁""螳臂当车""白驹过隙"等等，说明庄子用感性的文学语言，思考深奥的哲学问题，非常成功。

庄子写了那么多动物的故事，其核心思想，正是万物平等。

庄子一生贫困，以卖草鞋为生，文字里记载了他没饭吃，向人借米，还遭到拒绝的窘困。他当然非常熟知底层的生活形态和贫苦大众的心态，但他又是一个思维超越时代的人物，说出来的话，也就不同凡响。一般地呼吁平等，是读书人，特别是未踏入上层的读书人的共识。庄子与众不同。他没有停留于一般的呼吁平等的层面。他继承的是老子善于悟道的思维，他从世界的本源出发，论证万物平等是自然的本质，这些想法，集中表现在他的《齐物论》里。

《齐物论》，文字不是很好懂，如何解释，历来有争议。本文只是随笔式的感性文字，自然可以回避争执不清的内容。像"天地一指，万物一马"这类论述，意思就比较通晓。在庄子看来，大千世界，本源相同，所以没有什么高低贵贱之分。庄子的想法，以今天的科学观念分析，是站得住的，所有的生命，都是从原始的微生物进化而来。当然，庄子不会懂现代生物学，他是在哲学层面冥想。

为了让《齐物论》里那些复杂的论证通俗化，被普通人理解，庄子在其他著作中，通过他的动物故事，进一步讲述这些哲思。比如，庄子讲海鸟的故事，鲁国用国宴的规格，招待从远方飞来的海鸟，鼓乐轰鸣，反而把海鸟吓死。说明人不能用自己的喜好定标准，强加于其他物种。再比如，庄子讲能够展翅三千里的鲲鹏，与只能飞几十米小鸟之间的认知差异，实际也是说明彼此各有生存之道，不将自己的能耐强加他者，方可相安无事。

　　我发现，在庄子身上，彻底反映万物平等思想的，是他对身后事情的淡然。他病重不治，身边伺候他的学生，自然要认真考虑安排老师的后事，庄子的态度却是无所谓。在他看来，身子弃在野外，被秃鹫食之，与厚葬墓穴，被蚂蚁食之，两者没什么区别，都是自然生死转化的过程。一位两千多年前的哲人，把生死看得如此超然，确实是悟道了。

　　有人批评，提倡万物平等没错，不过，庄子发挥过头了，说"彼亦一是非，此亦一是非"，那就是黑白不分，浑浑噩噩。我想，讨论哲人的话语，最好限于他设立的语境中。庄子在《齐物论》里讨论万物平等，认为自然界的万事万物自有生存的道理，各物种之间无绝对高下贵贱，都是自然中的产物，如此表述，挑不出毛病。后人如果引申到人类社会之间的是非之争，是引申者的毛病，是喜欢玩弄词语者的曲解，怪不到庄子头上。

庄子"万物平等"的见解，在当代动物保护者那里，肯定受到欢迎。不过，我觉得，更应该思考"平等"问题的，是人类本身。种族平等，官民平等，不同阶层的平等，诸如此类，人类社会的状况，未必比庄子的年代，改善了多少。

屈原 [春秋战国后期]

路漫漫之求索

老百姓记得屈原，是将其作为爱国精神的象征。吃粽子、赛龙舟等习俗，在民间发生，大体与此相关。战国时期，比较强盛的国家，除了秦国，楚国算一个。屈原是楚国上层人物，代表楚国的利益，与秦国尖锐对立。屈原主张与其他强国联盟，比如联合齐国，共同对抗强大的秦国。秦国的智者，当然千方百计拆散这种联盟，包括离间楚国君臣的关系，楚国官僚层的嫉贤妒能，又帮助了秦国的计划。这种情况，符合我们分析过的孙子谋略，即"伐谋"和"伐交"。屈原属于错综复杂争斗的牺牲品，他被排挤出楚国决策圈，先后流放各处。此后，楚国被秦国一步步蚕食，处于流放中的屈原，因为绝望而投水自杀，这是故事的梗概。

有人反对强调屈原的爱国精神，说是以后人的眼睛看，春秋战国之间的征战，不过是诸侯之间的争权夺利，与"爱国"扯不到一起。这是用今天的立场，分析两千多年前的是非，我们不想陷于这种争论的泥潭。这里，着重讨论与屈原有关的文化问题。

撇开秦楚两霸相争，我们从文化历史上观察屈原，能发现另一番风景。他可以被称为中国文学史上的拓荒者。在屈原之前，已经有文学作品，比如《诗经》《山海经》中也富含文学创作的因子，那些，大体属于口头流传作品的汇集；先秦诸子的著述，有的虽然是个人著述，部分篇幅可见文学创作的雏形，比如庄子写的故事寓言，不过，那多少是思想论证的附属，是形式内涵比较简单的文学写作。因此，在屈原之前，从整体上来说，个体独创性的文学作品，严格意义上的文学家的创作，尚未脱胎而出。个性化的独特风格的文学样式的涌现，是一个社会文学创作走向成熟的标志。屈原的出现，完成了这个飞跃。

屈原写了大量的诗歌作品，如《离骚》《九歌》《九章》《天问》等等，以楚地风俗文化为底蕴，以楚人的语言口音为韵律，不受《诗经》四字句式的束缚，创造了比较自由的被后来称为"楚辞"的新文体，以便大容量地包含奔放的抒情，宽阔地展现历史文化的叙事，深刻地展现诗人个体的思想抱负，加上其上天入地的想象力，为中国诗歌创作乃至各门类的文学创作，打开了前景无限的大门。

因此，从中国文学发展史角度考虑，把屈原定义为拓荒者，是中国从文学初创期跨入成熟期的奠基者，从民间口头集体创作为主，转向文人个体创作为主时期的代表人物，是比较恰当的。

屈原的作品，包括不少中国神话内容，想象神奇，善于抒发强烈的情感，所以后人将其看成为浪漫主义一派的鼻祖，深刻影响了后代这一路的创作，包括影响到李白这样的天才，是完全正确的。但是，有的论者因此把屈原限于浪漫主义的开拓者，而把现实主义创作直接追溯到《诗经》，似乎不够精确。前面已经说到，《诗经》还是集体口头创作为主，属于文学的初创期，向个性化独特风格的成熟期的迈进，当之无愧的代表人物唯有屈原。屈原影响所及，不限于浪漫主义一脉，现实主义文学创作，同样在他的诗篇里获得丰富营养。以他的名篇《离骚》为例，形式上抑扬顿挫的浪漫情绪，并没有掩盖现实内容的沉重，屈原联齐抗秦的艰巨事业，在楚国昏庸的上层官僚的压迫下，归于悲惨的失败，他个人的命运也受之连累，坠入深渊。这种文体，显然披浪漫的外衣，诉现实的内核。他的作品，兼具不同风格，篇幅所限，就不再一一举例。

在政治上，屈原属于失败者的阵营，他深深挚爱的楚国，最终被秦国一统。在文化方面，屈原是胜利者，无人可抗的王者。屈原和以他为主创造的"楚辞"，不但在秦一统后的中原大地上广为流传，而且影响千秋。历代把诗人雅称为"骚人"，是因为屈原有名篇《离骚》在世。由于审美情趣的演变，今天，普通读者恐怕很少去读屈原的诗歌。不过，屈原在《离骚》中写下的名句"路漫漫其修远兮，吾将上下而求索"，始终是文化人的精神支柱。屈原的这句名言，原本的意思，可能偏向于他挽救楚国命运的理想。但是，后人品味的时候，业已大大扩展了诗句的境界，包含了人生探索、文化探索、科学探索等等多种意味。数千年来，有志气有抱负的知识分子，以此激励自身，前赴后继，在各自求索的征程上前行！这正是优秀的文学作品的魅力所在。一千个人解读屈原，在文字细节上，也许有一千个答案，但是，屈原高昂的求索精神，则是后来者共同的旗帜。

李斯 ［战国末期—秦朝］ 容天下英才

李斯是荀子的学生，韩非子的同学。在当时百家纷争之中，明显属于法家一派。在法家中的地位，李斯无法与荀子相提并论。说到流传于世的文字，他肯定又远远不如有同窗之谊的韩非子。韩非子的不少文章，至今是文科教材必选。李斯历史地位的重要，或者说我们选择他进入本系列的原因，是他亲身实践了法家的宗旨，辅佐嬴政成就了帝王之业。

李斯不是秦国人。他进入秦国，是认定只有秦国能够一统天下，实现他老师荀子的理想，也就是法家一派的理想，用法家的理论统一列国。在秦王嬴政战胜列强、建立秦朝的过程中，李斯起了无可替代的作用，是嬴政的左膀右臂式的人物。李斯的历史奉献，可以列举很多。汉字从黄帝仓颉时代成型，但是，书写统一起来，成为通用文字，李斯功不可没。他主张的"小篆"，与秦朝的建立同步，成为一统天下的通用文字，即所谓"书同文"。取消分封、建立郡县，保证了中央集权的政令畅通；统一度量衡；统一车子和道路的标准；发行统一的货币，诞生了名满历代的秦半两等等，都是大一统国家之必需。这些在中国历史上产生重大影响的事件，都与李斯的智慧及亲力亲为相关。李斯被后代诟病，重要原因，作为知识分子的代表，他竟然建议或者支持嬴政"焚书坑儒"，即使有辩护者为其开脱，举出改革与倒退的斗争作为理由，终究是李斯无法洗刷的罪过。李斯是赞同法家严刑酷法治理的，支持"焚书坑儒"，显然与这个根本立场一致。历史报复了李斯，他自己的下场，竟也落入严刑酷法的窠臼，被赵高和秦二世腰斩，夷三族，其中曲折，一篇随笔难以展开讨论。不过，李斯所推进的各项改革事业，并未因为他的去世终结，也没有跟随随秦朝的结束而灰飞烟灭，深深地影响着历朝历代。

李斯的文化影响，可以长久听到回声的，有一件不可不说。在秦国逐渐强盛起来的过程中，各国的饱学之士，流入秦国寻找机会的很多。水往低处流，人向高处走，在强国容易获得个人发展机会，古今中外，都是同一个道理。面对这种外来者的冲击，秦国本土的士人官员，心胸比较狭隘的，未免产生强烈的排斥心理，公开的说法冠冕堂皇，是外来者身份存疑，势必影响到国家的安全；他们内心的想法，不会拿到桌面上说，因为那个有点儿卑鄙，即害怕外来的能人抢了自己的饭碗。嬴政处于权力中枢，听多了此类排斥外来者的言论，潜移默化，也就慢慢认可了。在为了国家安全的大旗之下，决定开展清理整肃，即所谓"逐客"，颁布命令，强行送外来者出境。写到此处，联想今日的世界，有的号称最强盛的国度，要打击他国，驱逐他国学人，用的也是"国家安全"的名义，不由哑然失笑。

那时候，李斯在秦国混得很不错，已经进入政府的高层，但是他并非秦国人，同样有"原罪"，属于被"逐客"之列。李斯自然不甘心。为自己，也为诸多客卿，他给嬴政上书，名为《谏逐客书》。文采飞扬，言辞恳切，含着赤诚之泪，劝告秦王停止逐客之举。为了说动嬴政，理由自然不能从自身利益出发，不能唠唠叨叨，苦苦诉说我们外来者必须留下来的理由，而是大义凛然、洋洋洒洒回顾历史，叙述了嬴政先辈的功绩，历代秦王，如何依靠各国客卿的智慧和能力，才创造了秦的辉煌。李斯深知嬴政的内心，嬴政的大目标是一统天下，应该有宽阔的心胸，不会像本土的那些士人官员，蝇营狗苟，只盯住自己饭碗那般狭隘，仅仅盘算把竞争对手们驱逐后自己的好处。果然，不出所料，嬴政被李斯的上书所打动，下达新的命令，停止了"逐客"的政策。李斯保护了各位客卿，当然也保护了自己。嬴政的赏识，让李斯地位越发巩固，他甚至还因此升了官。

要善待容纳天下英才的思想，并非李斯独创，在李斯之前，此类思想和做法，在春秋战国列强争霸的氛围里，为了各自的利益，抢夺人才，是一种趋势。但是，李斯身份特殊，他是脱颖而出的成功者，帮助嬴政建立了中央集权的大帝国，甚至被有的史家称为"千古一相"，他的容纳天下英才的想法和做法，就是这种思路成功的范例，为历朝历代所赞赏和学习，也就非常自然。

作为提倡酷法治世的法家人物，李斯最后的下场不妙，也被酷法收拾，客死他乡。不过，他那份激扬文字的上书，为天下英才的上进，开辟了可能之路，与他在秦朝统一过程中鼓吹的种种改革，一并回响在历史的波浪声中。

零落成泥

碾作尘，

只有香

如故。

[宋]

陆游

大江东去,

浪淘尽,

千古风流

人物。

[宋]

苏轼

董仲舒〔西汉〕文化一统

西汉初期，从刘邦到汉文帝汉景帝，主要信奉"黄老之术"，具体行动，就是种种与民休息的策略，以利大乱后社会经济的恢复。到了汉武帝时期，社会发展比较平稳，经济增长势头明朗，隐患是各地诸侯势力尾大不掉，与朝廷利益每每发生冲突。汉武帝决意改革，于是放下黄老的"清静无为"，转而采纳董仲舒的策论，强力推行"独尊儒术"，实施儒家"治国安邦"的全套思想，儒家一派开始中兴。其后曲曲折折，竟然让儒家成为两千年的显学。

不过，正因为这种变化，对董仲舒的批判，是汉以后非儒家知识分子的常态。话说得最重的，是称他为"千年罪人"。罪名十分具体，很难开脱。董仲舒向汉武帝献策，"罢黜百家，独尊儒术"，是秦始皇按照李斯建议，"焚书坑儒"之后又一次文化劫难。经两朝两次高压，春秋战国形成的"百家争鸣"格局，再也没有恢复元气。

我丝毫不打算为董某人辩解。我的想法，是回到当时的历史场景，思考一下，问题是如何产生的？

周衰败之后，先是春秋争霸，随后战国混战，那么多大大小小的国君，文化素养差异，利益诉求对立，提供了知识分子们自由活动的土壤。你不听我的锦囊妙计，我就另寻高枝，说不定碰上识货的，封官拜相，成就一番大事业。这样的故事，乌鸡变凤凰，在先秦屡见不鲜。先有商鞅，后有李斯，法家们就是在秦国土地上成就了梦想。

成也法家，败也法家。秦还来不及细细品尝帝国的滋味，混乱重新开始，直到刘邦在新的混战中艰难胜出，建立了汉王朝。其间得失功过，不是简单几句话说得清楚。

汉初的问题，是如何维护新建立的秩序，修修补补，袭用秦的一套？谁也不敢如此设想。秦的短命，证明了法家的严重缺陷。在战乱争霸之际，法家的严法酷刑，也许是制胜之术。夺取天下以后，治理庞大帝国，收拾各地人心，那一套不够用，有明显毛病。秦至二世即垮，可以说胡亥糊涂，可以骂赵高卑劣；不过，法家为秦制定的那套不很管用，确实是明摆着的案例。

西汉初年，道教尚未正式创立，佛教的影子还在遥远的西面晃荡。黄老那些宏大妙思，作为修身养性或者文人闲聊，确实不错，在汉初"与民休息"的方针下，也起到良性的作用。但是，长期拿来治理强盛的帝国，就有点不得要领的感觉。董仲舒是饱学的儒家大师，又非常智慧，他向汉武帝进言，自然不是突出儒家如何了不起，而是强调新建的帝国，没有文化思想的一统，无法实现长治久安。法家那一套已经被短命的秦朝试错，其他各家各派，或有三拳两脚，毕竟撑不住庞大的帝国身躯，儒家有整套的齐家治国平天下的方案，自然可以为汉帝国服务。

汉武帝雄才大略。思考周朝末年出现过的分封诸侯的叛乱，深知统一的中央政府，非但要保持强大的军事经济实力，文化思想的统一，也必不可少。汉武帝接受董仲舒的献策，决定用儒家思想统一社会，首先是统一各级政府和精英人物的脑袋，是建设强盛汉朝的整体计划中的一环，是深思熟虑的抉择，绝对不是被董仲舒的如簧巧舌给蒙了。

秦始皇和法家李斯，搞的是砍脑袋的文化统一，即"焚书坑儒"；儒家文明些，大约与儒家祖师爷孔子推崇"中庸"有关。汉武帝决定"罢黜百家，独尊儒术"，是从政府施政层面的把控，谁想进入领导层管理层，必须遵循儒家学说，但并未把社会上不赞同儒学者赶尽杀绝，这或许也是董仲舒的那一套得以顺利推行、并未受到全面反抗的原因。

董仲舒是聪明的儒生，他的策论获得汉武帝的欣赏，随之被重用。不过，在实践中他并不排斥其他学派的长处。他所谓的独尊儒术，是经过改造、吸收了他人精华的"儒术"。比如，他认为刑罚对社会治理的必要，因此没有完全排斥法家学说，而是和儒学融合起来，主张"德刑并重"；他对黄老"清静无为"的想法也是基本肯定的，因为在汉初的实践中效果积极。比较奇怪的，是他吸收了阴阳五行中一些东西，相信神秘鬼怪的东西，积极宣扬"天人感应"，就是重要的表现。"天人感应"与"天人合一"，不是一回事。前者说，做错事会遭"天谴"，后者却并不承认有高高在上主宰一切的力量，是要求人顺应自然而已。董仲舒赞成"天谴"的存在，可能是想以此约束万能的皇权。这种思路，似乎迂腐，或者天真，有点聪明过头了，后来他自己遭受磨难，不得善终，与搞这些神神怪怪的东西有关。

历史的演变，常常出人意料。董仲舒推行"独尊儒术"，汉朝灭亡之后，他使出的那些招数没有死亡，继续在各个朝代波澜起伏。儒学的主体地位竟能延续一二千年，孔夫子应当感谢董夫子的作为。不过，越到后来，儒学越成为阻碍社会进步的紧箍咒。这种结局，恐怕是儒学的倡导者，如董仲舒们做梦也想不到的。

司马迁〔西汉〕通古今之变

司马迁的故事，是中国百姓耳熟能详的。在他奋发有为的盛年，遭遇无妄之灾，经历了所谓"宫刑"的巨大耻辱和摧残，人们为他的不幸而伤感；大家也清楚地知道，司马迁就此沉沦的话，不过就是封建君主王朝黑暗中普通的冤魂。他得以名垂青史，对中国文化有伟大奉献，全在于咬紧牙关，从深渊里挣扎出来，坚持完成了史官世家的宏愿，写出前无古人后无来者的名著《史记》。

把《史记》称为"前无古人后无来者"，并非一般的颂扬。史官，上古即有，仓颉做过黄帝的史官，老子也担当过相似的职责，都是饱学智慧之士。史官既要记录当下的要事，更要随时回答朝廷的问询，以史喻今，以史为镜。不过，到司马迁出现在史官舞台上的时候，前面有文字记载的历史，虽然早就不止千年，但鲜有详尽的史书，打通历朝历代的认知。儒学把《春秋》抬举到经典的高位，不过是儒家在政治上抬高自身的需要，作为严格意义上的史书，《春秋》显然不够格。司马迁的父亲，当了一辈子史官的老先生，临终之前，关照儿子发愤著史，正是想填补这个巨大的空缺。《史记》之后，史书的事业开始蓬勃生长，同为汉代的班固，就完成了《汉书》。历朝历代，修史渐渐成为不得不做的大事，近代以前，就积累成壮观的二十四史。不过，没有哪一部史书，能够超越《史记》，显示独特而明亮的光辉。这个问题，值得探讨。

《史记》，是以人物纪传体为主要支撑的史书。帝王等政治核心人物为叙史的主线，即"本纪"部分；诸侯等重要人物，归于"世家"；为配合人物传记厘清历史脉络，又辅之"表"和"书"，简明扼要地展现历史进程的线索；特别有意思的是，除王公诸侯之外，司马迁还单独叙述其他各路重要的或者有趣的人物，归于"列传"，让后来的读者领略到社会各方面的形态，甚至是底层人物的模样。

从黄帝开始，到汉武帝收尾，约三千年历史，五十余万字的篇幅，主要靠司马迁一人之力完成，确实了不起。更加精彩的，是《史记》的可读性，人物栩栩如生，事件掷地有声，虽然是以惜字如金的古汉语写成，读来并不干涩，不少篇幅，至今是学习古汉语的范本。至于用《史记》改编的文学戏剧乃至影视表现样式，汗牛充栋，难以统计。

由此也发生了争论。批评家认为，史书应该老实记载史实，言必有据，司马迁融入文学想象，有虚构因素，变得不可靠。其实，司马迁独创的以人物纪传体为主线的《史记》，恰恰是为了摆脱纪录体的束缚。此外，批评家们似乎忘记了司马迁任务的起点，他所叙述的由黄帝发端的历史，文字资料本来缺漏，依靠口口相传，演绎想象，因此，言必有据的记载，根本不可能实现。即使后来的史家，又有谁真能做到真实的记录？就算你跟在皇帝身后有言必录，也没用，不让记录的内容，或者删了或者改了，中外历史，莫不如此。

在我看来，司马迁以人物纪传体为主要表现形式，真正的目标，恐怕不是简单的记录，也并非为展示自己的文学能耐，而是通过叙史，达到"通古今之变"。受"宫刑"摧残的司马迁，得以挣扎着活下来，是被内心深处的大目标支撑着。假如仅仅是为了一部纪录体的史书，司马迁可能坚持不住，因为那样的史书，一般的知识分子都能胜任。司马迁选择的方向是否正确，在史学上或许还有争议。好在我们不是在这里研讨史论，暂且略过。

所谓"通古今之变"，其本意是通过历史人物的活动，为后世探求教益教训。这种探究，难免引起诸多争议，所以司马迁开宗明义，称自己只是"一家之言"，表明了态度，听不听随意；高山流水，知音总有。此类教益教训，在《史记》中比比皆是。单说他对于悲剧人物的分析，就十分有意思。有的悲剧人物，主张做的事情不错，但是时机不对，惨遭失败，如搞变法的商鞅和力主削藩的晁错，司马迁深感惋惜；有的小人物敢于以卵击石，为义献身，比如荆轲，司马迁是不吝赞美；有的人物看错了历史发展的方向，虽然敢于牺牲，但是属于开倒车，比如想恢复战国秩序的田横与他的五百壮士，司马迁是叹其死得不值；对于自刎乌江的项羽，司马迁的态度十分微妙。项羽是与刘邦争霸的失败者，将其列入"本纪"，属于牵强，可见司马迁对他有点偏爱；从司马迁笔端流露的情感，清楚地知道，司马迁所总结的项羽失败的原因，让太史公叹息不已的，是项羽本身在性格上有重大缺陷。

性格决定命运。司马迁笔下的历史人物，和一千几百年后莎士比亚塑造的戏剧人物，竟然有异曲同工之妙，也是英雄所见略同了。

蔡伦〔东汉〕纸上千年

在"中华文化思想源流"系列中，选入蔡伦，算是特例，不过，又是本系列非选不可的人物。

说特别，在于蔡伦并未留下影响后世的文化见解，他只有"行为"，并无"言论"，或者说，他即使有过智慧的说辞，并没有记录传世。他与仓颉也不相同。仓颉是中文汉字的祖师爷，毕竟是创造文化内容的。蔡伦只是从事文化内容载体的发明，按现代的观念，他是搞制造业的，属于技术范畴的人士。不过，本系列非选不可，在于他对中华文化的发扬光大，乃至对世界文化的进步，实在是居功甚伟。就促进文化发展的贡献而言，少有人与之比肩，也并非夸张之言。

由于蔡伦在宫廷的争斗中失败，最后以自杀结束了人生，关于他的资料，可能多数被销毁，我们能够了解的情况，实在有限。我们只知道他出生于江南，年少时就显示过人的智慧，后来进宫当了太监。他为什么去做太监，没有可靠的佐证材料。我们看到的，仅仅是结果。由于他进了皇宫，从小太监慢慢爬上去，最后成为掌管皇宫制造部门的领导，他的聪明才干，才有了大展身手的场所；他在岗位上不断有出色的表现，最引人注目的创造，就是制造出方便书写的纸张，因此流芳百世。有人猜测，蔡伦宁可净身做太监，就是为了实现了不起的人生目标。那仅仅是凭空臆想。我没有读到过史料或轶闻，说他入宫前找过算命先生测字。

说蔡伦造纸，依据是汉史记载，多数人没有疑问。不过，有考古出土的东西，显示在蔡伦之前，已经有类似纸片的文物，于是产生不解。我想，地下埋葬的东西很多，无须疑神疑鬼。能够写字的物品，包括布帛，历来不少，即使偶然出现与纸相近者，也不足为奇。纸张本来是各种自然之物混合压制而成，没有特别复杂的奥秘。蔡伦的了不起，是寻找到可以用最低成本大量规范制作的办法，导致实用推广的可能。蔡伦并非横空出世，应当是站在前人的肩上，古今中外的创造发明，基本如此。

蔡伦执掌皇宫的制造部门，有充足的人力物力，这是他的优势。他天资聪慧，对制造新物品有浓厚兴趣，督促手下，反复用各种纤维品实验，最后拿出实用又便宜的纸制品，把后来被称为"蔡侯纸"的纸页献给了皇帝，并获得向天下推广的命令。他本意也许仅是讨好皇帝，未必认识到，这件事情，对文化的进步是何等巨大的奉献。在蔡伦之后不久，魏晋期间，书法的长足发展，出现了王羲之等一批书法大家，显然与造纸技术的发达有直接的关系。至于更后面一点，隋唐文化的大发展，达到中国古代文明的高峰时期，没有纸张作为文化的承载，也是难以想象。

在蔡伦身后九百多年，北宋年间，中国制造业又出现一位奇人毕昇，在这里一起简略说了。他发明的活字印刷，与大量使用的纸张结合起来，令文化传播得以方便地向普通读书人扩散。从蔡伦到毕昇，中国的纸张制造和印刷技术领先世界的时候，也是整个中华文明处于世界前沿的岁月。这么说，不是过分拔高纸张和印刷的作用，只是分析文化科学传播路径的重要。纸张和印刷的普遍使用，让知识不再被少数人所垄断，大发展很自然地来临。再说一个似乎巧合的现象，到距离今天约五百来年的时候，欧洲开始使用铅活字印刷，而中国没有跟上，那时，中华文明也在走下坡路。其中的关联度，值得仔细分析。

张衡 〔东汉〕 创新与质疑

东汉时期，聪明人颇多，热衷于发明创造者不少。蔡伦之后不久，又出来一个张衡。张衡的兴趣，比蔡伦广泛得多，天文、地理、数学乃至机械制造，诸多方面，都有他的智慧闪光。恐怕是过于超前，关于他创造作品的争论，持续至今。

按今天的说法，张衡善于"跨界"。他曾以文章出名，与司马相如、班固、扬雄等并称汉赋四大家。唐诗宋词和散文出来之前，赋是重要的展现文采的形式。能够进入"四大家"行列，说明张衡已经属于文人的顶流。不过，张衡的主要兴趣，似乎不在舞文弄墨，他的智慧，后来渐渐集中到科学技术领域。东汉朝廷对张衡的使用，也是看到了他的长处。

史料记载，张衡的创造力，涉及范围宽广，甚至造出过可以飞行的木鸟。这个仅仅属于传说，难以查核，搁置不说，先讨论一下，被后世质疑最多的"地动仪"，这是张衡用以测量地震的装置。张衡做过这东西，是被大家认可的。质疑的方向，是它究竟能不能测量到地震。

张衡是生活在公元一世纪到二世纪的人物。那时候，世界上各个角落，对地震这种巨大的灾害，唯有恐惧，不知为何突然天崩地裂。除了祷告神灵，别无他法。张衡竟然要做个测量地震的仪器，按当时科技水平，属于异想天开之举。近两千年来，中国社会不知经历了多少战乱，张衡制造的宝贝，实物未能幸免，消失在时间的长河里，后人又难以仿制成功。眼见为实，耳听为虚。质疑之声自然难免。

据《后汉书》记载，地动仪有八条龙，各管一个方位，当某地发生地震时，即使隔得遥远，正对该处的龙，会吐出嘴中的珠子。后人迷惑不解，不相信公元一二世纪的技术，能够制造如此精密的仪器。即使用今天的工艺，照史书记载的形状，也难以仿制。质疑的人多了，张衡制造地动仪的故事，甚至被请出了教科书。

这里不讨论具体的科技问题。在我看来，不管张衡的地动仪是否如文字描述得可靠，在将近两千年之前，有个中华智者，敢于制造测量地震的仪器，本身就是了不起的创新思维，是大智慧。欧洲要到一千几百年之后，才会酝酿制造此类仪器。对张衡的质疑和非难，实际是反映了社会对创新思维的态度。大科学家，思维往往超越时代，轻易对他们质疑，不利于社会的进步。我想，与其把张衡的地动仪请出教科书，还不如做有保留的介绍，可以说明，地动仪的实际使用价值，在学界尚存在争议。这样，既保存了史书记载的创造发明，又为科学验证留下空间。

张衡并非空想家，他是实干派人物。张衡还制造过观测星空的浑天仪，其精巧复杂，超过传说中的地动仪。中国天文学界，对张衡的这项成就，是基本认可的。有人指出，张衡的浑天仪，或许受启示于前人。这个毫不奇怪，任何伟大的创造革新，都可能是站在前人肩膀上的成果。区别只是在于，你有本事站上去吗，站得稳吗，站稳了还能发展自己的创新思维吗？张衡有这个本事，因此成为中国古代了不起的天文学家。

再次强调一下张衡所处的年代。罗马帝国灭亡后，古希腊的一些科学知识，在阿拉伯人那里有所保存，到十世纪的时候，开始翻译介绍到欧洲。不过，中世纪的欧洲，教会是绝对的统治力量，不符合教义的科学认知，比如地球和太阳的关系，属于异端邪说。这种情况的改变，要等待文艺复兴时期的降临。因此，张衡制造浑天仪，他的比较先进的宇宙观念，比欧洲早了一千几百年。当时，他竟然肯定宇宙无限的认知："宇之表无极，宙之端无穷。"说得十分透彻。他还说明，月亮的光芒，是太阳光照的反射，这比前人认识的太阳月亮是重大进步。更加神奇的，他认为站在中原大地上，可以观察到的星星，达到两千五百颗之巨。当时没有望远镜，张衡，或者还有他的同行们，到底如何把星星数得如此清晰？难道古人的眼睛，比我们明锐得多，自带望远镜的功能？

以现代科学衡量，张衡的观念，还没有摆脱地球为核心的束缚，他们的"浑天说"理论，认为天空是巨大的球形，笼罩着大地，比之前的"天空盖地说"，是一种进步。不过，依旧是把大地看成核心。对于公元一二世纪的智者，缺乏观察宇宙奥秘的必要仪器，靠目测与想象了解天文，实在不能苛求了。

张衡制造的浑天仪，基本容纳了他对天文学的认知。日月星辰，二十四节气，随着仪器的转动，依次呈现。张衡精通数学。古代科学家的分工，远没有今天精细，天文地理气候的计算，是要靠自己的脑力，一样样计算清楚。

张衡不是一个人在战斗，他是中国古代天文学具有开创意义的人物。在他之前，已经有几位较有成就的研究者，名气没有张衡大，成果也不如他丰厚。在张衡之后，南北朝的祖冲之，元朝的郭守敬，直到明末的徐光启，都是中国天文学研究的大人物。天文学大家，又往往是数学家，天体运行，四季更替以及与农业生产的关联，等等，全需要复杂而精细的数学计算。南北朝时期，祖冲之计算圆周率的精度，曾领先世界千余年。到明代，经过文艺复兴，欧洲在科技方面走到前面去了，理性的徐光启，开始积极翻译介绍欧洲的知识，致力于把中国古代的认知，与西方的天文学、地理学和数学打通。那是千百年一棒接一棒的艰辛努力。

王羲之 [魏晋时期] 自在天趣

曹操父子灭了东汉，建立魏朝；不过四十余年工夫，司马家族又灭了魏朝，建立晋朝。这两个朝代寿命不长，合起来没有超过两百年。史称魏晋时期。

政权更替，走马灯似的，意味着战乱频频。经济衰败，民生凋敝，社会处于哀号之中。知识分子的日子自然不会好过。想报效国家，看不到靠得住的朝廷，连进阶的门路都不知道在哪里，一不小心，得罪了权贵，还有杀身之祸。左右不是，无处安身立命的书生们，不得已假作癫狂，饮酒寻乐，寄情于山水之间，仿佛全是无意功名的世外高人。这就是所谓的魏晋风度，产出一批魏晋名士。名气比较大的，是"竹林七贤"。

想从竹林里找出位具备代表性的、影响深远的名士，有点烧脑。嵇康的名头大，阮籍也不差，其他几位，各有粉丝。他们自由洒脱的名士风度，令人敬仰，但他们花在喝酒解闷寻乐上的时间多了，正经的文化活干得少了，能够传诸后世的内容也就不多。相比之下，有魏晋风格又有重大文化成就的王羲之，虽难以归入"竹林七贤"或其他某群，飘然独立而坚实的身影，从远处望过去，反倒显得特别耀眼。"君子不群"，有道理。

王羲之自幼酷爱书法，成年后，对做官没有兴趣，在朋友的再三劝告下，勉强做过一段时间的小官，不久就辞职而去。后人称他"王右军"，即源自那个小官的称号。对人生态度，王羲之曾经这样表述："文人天趣"、"一生自在"，既是对自个儿活法的追求，也可引申出对书法艺术的感悟。

王羲之辞官之后，像诸多魏晋文人一样，寄情于山水之间，饮酒赋诗，弹琴作乐，似乎把世间的功名利禄统统丢在脑后。唯一没有丢掉的，是对书法艺术的追求，孜孜不倦向上攀登跋涉，民间轶闻甚多，不一一列举。那个时期，他在书道上，自由发挥，随心天然，如有神助，赶超前辈；留下的瑰宝，令后人高山仰止。

被赞为天下第一行书的《兰亭序》，正是在这样的情景下诞生。王羲之与朋友们约在山林间"雅集"。所谓雅集，是当时文人们的时尚，喝喝酒，做做诗，乃至发发疯。这种文人风雅的聚会，延续千年，辛亥前后，江南的文人们，还时常玩耍。

那天，王羲之很兴奋，喝多了，微醺，或者已经是半醉半醒，兴之所至，提笔为雅集上朋友们的诗作写序。那当然不是刻意之作，纯粹随情挥毫，自在天趣，涂改增删，如草稿一般。偏偏是这样一份手稿，写出了王羲之追求的书法境界，没有拘束，自由洒脱，"从心所欲不逾矩"。据说，第二天，酒醒之后，王羲之也被自己天马行空的书法惊了，他想再写一次，也许是想把那些涂改的痕迹去掉，让草稿变成美轮美奂的正稿。可惜，写来写去不满意，比不上那份半醉半醒时写成的草稿。王羲之叹口气，只能让家里人把这份天赐的草稿珍藏起来。

"字如其人"、"文如其人"的说法，历来有争议。反对此说者，列举大奸大恶之人的书法佳作，说明内心险恶，也可写出上品。其实，讨论问题，应该受到时间条件的限制。我们知道，人是非常复杂的个体。"一半是野兽，一半是天使"，这种形容，正是针对了人性难测。有人前半生马马虎虎，后半生变节。有人在私利方面贪婪，遇到民族大义，脑子还算清醒。因此，要把为文书写者彼时的情况心境搞清楚了，讨论起来方有依据。

还是回到《兰亭序》的话题。王羲之名士风度，洒脱奔放自由，向来如此，为什么在半醉半醒中才能写就世上第一行书？用"手随心走"的说法能够解释。清醒之时，豁达放浪，只是外形，内心依旧有久已习惯的种种束缚，哪怕是书法的规矩，也是不敢随意逾越。只有在不够清醒的状态下，身心才能完全放松，凭天分和功力写出真正有独特创造力的佳作。当然，平时刻苦练就的本事，乃是基础，像我等凡夫，就是把酒坛子喝空了，也写不出好字。

　　王羲之的《兰亭序》，长期被各式人等临摹。原作，早已不知去向，有名的摹本成为珍贵的文物，可见其影响之深远。至于王羲之在书法上追求的意趣，对后代文化人多方面的滋养，就是另外的话题了。

鸠摩罗什 ［东晋及南北朝］

知足与毕竟空

西晋之后，是漫长的东晋南北朝时期。那是比西晋时期更加紊乱的岁月，南北对峙，加上南朝和北朝诸多统治者更替快，战争是家常便饭。人民处于水深火热之中。这种时候，宗教往往容易兴旺。打着老子旗号的道教，在东汉时期正式创立，南北朝期间发展迅速。佛教也开始大举进入中国。来自西域的高僧，鸠摩罗什登上了舞台。

鸠摩罗什的生平故事，不是我们关注的重点，仅简单提示。据称他年幼奇相，早就立志弘法，细节略过不说。他的名气大到如何程度？南北朝的军阀混战，会把他作为争夺的宝贝，好像抢到了他，就是抢得了佛法的制高点，自己的统治，就获得了佛的保护。争抢鸠摩罗什还不算荒唐，抢来了，尊为上宾，开讲弘法之外，还要逼他就范，让他娶妻生子。冠冕堂皇的说法，是鸠摩罗什如此优秀，不能无后，实际上隐藏了军阀捉弄僧人的恶行。这些，与我们讨论文化思想源流，关系疏离，也是几笔带过。

鸠摩罗什，并非浪得虚名。无论遭遇什么厄运，他弘法的大志不变。他翻译的经卷，前后达三百卷之多，称他是佛学在中国传播的第一人，名实相符。他还培养了一大批弟子，号称有三五千之多，其中著名的高僧也不少，为佛学在中国大地上的扩展，贡献甚大。因为《西游记》一书而闻名的唐僧，其活动时期，约比鸠摩罗什要晚了两百来年。就佛学进入华夏的历史，唐僧与鸠摩罗什不在一个层次。

鸠摩罗什，最早属于佛教的小乘，后来立志传播大乘教义。关于大乘与小乘，简单区分，小乘为僧人自习自悟自己得道为主，大乘则是希望普渡众生。鸠摩罗什既然处于混乱的南北朝时期，他想要普渡众生，获得更多的善男善女的追随，除了大力翻译经卷，还要按照当时的社会状况，用大众听得懂的话语，进行弘法。开讲时，鸠摩罗什提出了一个朴实易行的说法，就是"知足"。他如此说："知足之人，虽卧地上，犹为安乐；不知足者，虽处天堂，亦不称意；不知足者，虽富而贫；知足之人，虽贫而富。"如此简洁明了的表达，哪怕是底层不识字的百姓，也可一听就懂。凡大师级的人物，不管哪门哪派，均具备深入浅出的本事，可以把深奥的话题，说成孩童也能理解的意思。相反，专门说一点听不懂词语的、让人云里雾里不得要领者，八九是吓唬人的假大空。

最早提出"知足"的，并非鸠摩罗什。老子在《道德经》里，专门讲过"知足"的重要。道教奉老子为祖师爷，道教与佛教是竞争对手，鸠摩罗什不忌讳用老子的思想，也说明他智慧之高。"知足"与佛学的"戒贪"是从不同方向表述相同的意思。对于底层人而言，"知足"显得更为贴切。战乱年代，底层几乎一无所有，想"贪"也没有可能，只能"安贫"而已。鸠摩罗什的劝诫，是让贫困者麻木，在麻木中减少痛苦。混战的军阀们，欢迎他为大众讲法，大约是希望多一点如此的麻木安抚。

对大众宣讲，简明是必要的。谈到佛学精华，需要升华，大白话不妥。于是，鸠摩罗什强调"空"的要义。他著名的用语，谓"毕竟空"。毕竟，彻底的含义，都是"空"，完全

"空"。富贵繁华是"空"，后人所著《红楼梦》，里面的宝玉，是深刻体验个中滋味：富贵繁华一场空，白茫茫一片大地真干净。在鸠摩罗什眼里，贫困灾难伤痛病态，也是"空"，也不足为惧，不足为道，因为承载贫病的躯体，同样是"空"。既然不贪富，不怕穷，也不惧病，还有什么可以难受而熬不下去的呢？怕死吗？佛学讲轮回，"死"，也不过是睁眼闭眼的刹那；你只要做善事，信佛礼佛，下辈子就大有好处，至少不会去做猪牛羊。鸠摩罗什的"毕竟空"，贯穿四面八方，真个是很彻底了。在南北朝那样混乱的年代，看不到生活前景的岁月，捕获众多信徒的心灵，是十分自然的现象了。富贵繁华和贫穷伤病全是"空"，因此接受命运，对自己的处境"知足"，还有什么疑惑呢？鸠摩罗什是语言的高手，绕来绕去，从佛学精妙回到大众语言，不由人不信，因此，庞大的信徒群对他五体投地，也造成军阀们对他的矛盾心理。

既要利用他，又怕他号召力太强。捉弄他娶妻生子，暗藏打击他高僧形象的龌龊心思。

佛学由魏晋南北朝开始，逐渐深入中国社会。我们讨论中华思想源流，离不开认识佛学的影响。此后，到唐宋年间，佛学在上层知识分子中相当普及，谈禅变为修养、智慧。鸠摩罗什翻译的三百卷佛经，以及他传播的教义，算得上佛学在中国的源头。不论简单的是非对错，而是必须正视他。

王通 [隋朝] 三教可一

隋朝结束了南北朝的混乱，让中华大地重归一统。百姓似乎看到了希望，可以过过安生日子。偏偏碰上不肯安生的隋炀帝，好大喜功，开挖大运河。后人把隋炀帝的大运河与秦始皇的长城相比，虽然是有益民族长远的大工程，不过，彼时彼地，老百姓吃不消，怨声载道。

隋朝皇帝们的功业，仅是我们研讨文化进程的背景。重新统一起来的国家，在文化上朝哪个方向前进？隋朝的历史只有三十八年，比短命的秦朝稍长。其间，有一个人物，在民间说得不多，仔细观察，非常有意思。王通，是当时的儒家学者，没有做官，毕生从事教育，门生遍地。据说，他还有一些求学交往的好友，如魏征、房玄龄等，到隋灭唐兴的时候，成了大人物。

王通引人注目，主要不在于上述情况，而是他提出了重要的新主张。魏晋南北朝之际，社会的混乱，导致儒学的式微，而道教佛教开始兴旺。"南朝四百八十寺，多少楼台烟雨中。"是一种生动的描绘。南朝是这个模样，佛教在北朝又获得军阀礼遇，我们至今可以见到许多重要的佛教遗迹，当时兴盛的局面，绝对不亚于长江南面。敦煌石窟、龙门石窟的发展，都与当时的佛教活动密切相关。王通作为大儒，面临重新统一的国家，肯定会产生让儒学一统天下的念头。据说，他曾经上书隋炀帝，希望获得董仲舒那样施展抱负的机会。不过，隋炀帝不是汉武帝，并没有看重这位儒生。王通只能像祖师爷孔子一般，退回江湖，一心教育门生，免得辜负了一身的才学。他的学术思想，能够面对现实，知道佛和道的发展势头正旺，难以压制，儒家该如何重新焕发生机？他创造性地发散思维，提出了"三教可一"的新思想。尽管他本身不在朝廷，但是桃李满天下，还有一班才华横溢的文人朋友，后来在唐朝当大官的也不少，因此，王通的思想，足以传递到社会的各个层面。在他身后，学生们辑录他的各种学说，包括"三教可一"的论述，使之产生不可忽视的影响。

儒道释三家，在中国社会并行发展很长的时期，并未有过大规模的宗教冲突，从世界范围的历史观察，算得上奇迹。其中有各种因素。儒家长期处于上风。偶然，某个帝王特别喜欢道家或者佛学，把他们请来奉为上座；相比，毕竟是儒家作为显学的时间更多。在这样的态势下，儒家态度，对三者关系十分重要。王通依照孔子提倡的"中庸"，主张"三教可一"，值得充分赞赏。

王通生活的年代，七世纪初，也是伊斯兰发端的时候，伊斯兰统一阿拉伯半岛之后，继续向其他地方发展，自然遭遇别的力量的抵抗，特别是与基督教天主教的矛盾逐渐尖锐起来。长期的宗教战争，困扰着那里广袤的土地。直至后来形成中世纪的长期战乱。同样是七世纪，在中华土地上，度过了魏晋南北朝的混乱，迎来隋唐时期的统一。虽然宗教开始成为社会生活的重要内容，但是并没有发生大规模的宗教冲突，是值得庆幸的事情。王通所代表的儒家的"中庸"态度，并不强烈排斥佛学和道家；佛道两家，也算理性，知道中原广阔，难以独尊，各有各的活法，也不得不以比较宽容的态度对待他者。宗教的兼容，是后来的唐代走向繁荣的重要因素之一。

王通说"三教可一"，绝对不是天真到提倡三家可以合并，"可一"不是"合一"，显示出中文表达意思的圆润。他的意思，大体是三家可以和平相处，能够互相学习，取长补短。作为教育家，王通身体力行。他宣称，在修身养性等方面，佛学有精妙的主张，"禅"和"静"都是好东西；道家的"顺应自然"和"无为"等等，也是需要拿来用的。在王通看来，"三教可一"，不是嘴上说说而已，应该实实在在操作演练。作为教育别人的先生，自己言传身教，是最有说服力的。

千年之前的学人，提出一种创新的思想，很多矛盾的体系，不是只有你死我活一条道，共存互补，或许更加理想。此说影响长久，后世很多知识分子，以儒道释俱通为自豪。直到今天，读起王通的见解，还会让我们眼睛一亮。王通的著作，流传在世的不多，名声亦不显赫。单说"三教可一"这条信念，足以令人肃然起敬。

魏征 ［初唐］

固本浚源　居安思危

唐朝初期的名臣魏征和房玄龄，到底是隋代王通的学生或者朋友？我们不在意这种争论。至少，他们受到过前朝大儒王通的影响，是怀着儒家治国安邦的宏愿，踏上为唐太宗服务的仕途。

魏征特别招眼。他和李世民的关系，一直被视为皇帝与名臣合作的典范。魏征满腹经纶，耿直忠诚，敢于直言相谏；唐太宗对魏征深信不疑，从善如流。一个敢说也能说出道道，一个愿听又会采纳诤言。这样的关系，对唐朝初年的稳定发展，是良性的推动力。不能将当时由乱转治的功劳全归于此，但是颇有助推力，应该没有疑问。

魏征的《谏太宗十思疏》，是魏征进谏中代表性的文本，是规劝皇帝如何为人处事的提纲挈领。"疏"，是"奏疏"，文本的形式。所谓"十思"，是约数，文章中并没有一二三四地罗列。那是学生作文的格式，不适合魏征之类的大文人。其中能够提炼出不少格言类的文字，语言精炼委婉，当时唐太宗听得进，后世也一直记得。比如"固本浚源""居安思危""戒奢以俭""载舟覆舟"等等。

魏征敢谏，且善谏。他向李世民进言，如果仅仅是夫子之道，说点古已有之的话语，聪明的唐太宗，也就当作耳边嘤嘤嗡嗡的风，听也罢，不听也罢，等于白说。魏征立言的根本，是历史的教益，特别是前朝兴亡的教训。那是不久前的事，一切都还新鲜，听来振聋发聩。比如说，"居安思危"，隋朝的三十八年，是活生生的注脚。那隋炀帝，扫荡南北，一统天下之时，何其雄哉，虎视山河的气概，恐怕是靠玄武门之变上台的李世民，所难以比肩。好在李世民比隋炀帝脑子清醒，听得进魏征"居安思危"的警示，不敢像隋炀帝那般为所欲为。王通与魏征亦师亦友，才干高度都足够，可惜没有遇到虚心听谏的皇帝。如果隋炀帝听了王通的想法，隋朝也许不会那么快灭亡，这龙椅是否轮到李世民来坐，就不好说了。魏征说的"固本浚源"等忠告，是从历史故事中挖掘出来的干货。魏征说得很清楚，大唐的江山是如何打出来的，无非是利用前朝的失误，趁势而起，在民心可用之际，势如破竹地夺取了胜利。因此，"载舟覆舟"的道理，是一定要想明白的。这些耿直之言，唐太宗应该入耳入脑了，因此才会对魏征深信不疑。他对魏征的重视，也许超过了另一位能干的大臣房玄龄。

隋唐交替的情形，与秦汉的关系，从表面上看，颇为相似。秦结束了春秋战国的混战，一统天下，但迅速垮台，把胜利果实轻率地交给了汉。隋终结了南北朝长期的战乱，以不可抵挡之势统一了华夏大地，可惜时间也不长，很快被唐取而代之。表面的相似，掩盖了巨大的差异，主要是社会基础不同。秦统一的时候，诸侯各国，长期形成的文化政治分割的态势，并没有消解，稍一风吹草动，各地的反抗力量立刻席卷而来，如项羽，就是代表了原来楚国的势力。到了隋统一的时候，隋炀帝面对的反抗，主要是混战不休的军阀势力，他们打来打去，但在民间并没有扎实的根底。因此，汉朝借鉴秦朝教训，需要随时警惕诸侯各国的复辟势力；唐朝没有这种明显的危险，把军阀的残余扫除干净，中原比较太平。开国之初，唐朝是否安稳，取决于民心，即多年社会混乱，老百姓怎样恢复正常的生活。至于后来分封功臣，造成藩镇的新军阀势力，多次造反生事，比如安史之乱，直接威胁到中央政权，那是另一个话题，这里先不讨论。

面对的威胁不同，所以同为儒家，魏征给李世民的进言，与董仲舒给汉武帝的策论，区别是明显的。董仲舒的策论，有点霸道，要大力推行"独尊儒术"，还要借用法家的某些做法，加强统治的强度。魏征对李世民的进谏，明显"中庸"，基本都是"仁政"那一套，典型的儒家之道。李世民按照魏征的劝说施政，轻徭薄赋，社会的神经松弛下来。过去没多少个年头，唐朝开始呈现欣欣向荣的景象。唐太宗自然庆幸，公开声称，有今日之情景，幸亏采纳了魏征的忠言。

魏征去世的时候，李世民发出的感慨，在历史上非常有名："以铜为镜，可以正衣冠；以古为镜，可以知兴替；以人为镜，可以明得失。"很多人关注末句，觉得这是对魏征的高度评价。在我看来，要点是中间一句。魏征善于对李世民讲古，前朝的兴替，明镜高悬，让李世民兢兢业业，不敢懈怠。

杜甫 ［盛唐—中唐］

为穷苦百姓呼

从唐太宗开始，唐朝进入发展的快车道，使唐朝成为中国古代社会的高峰时期，经济文化均呈现出前所未有的繁荣景象。直到今天，欧美等地，华人集聚区，依旧称为"唐人街"，是一种历史的印记。

唐文化，首推诗歌，讨论唐诗，最令人瞩目的是李白，他所吟唱的大好河山，浪漫的情怀，神奇的想象，顺畅的词语，始终为前无古人后少有来者之绝妙。本书并非诗论，讨论的是文化思想源流。在这个命题之下，特别值得关注的人物，还是选择了杜甫。

　　诗作受诗人情绪左右，环境对诗人影响大。杜甫比李白小十多岁，这个差异，让他们的人生体验非常不同。李白的一生，基本处于唐朝相对安稳的岁月。武则天之后到安史之乱，唐朝没有遭遇严峻挑战，经济发展快速，傲视世界，俨然是地球上最为繁荣富足之地。李白的创作，洋溢着欢乐自信的基调，是与社会情绪同步的。尽管在他生命的最后几年，遭遇了安史之乱的逃亡，那时，毕竟已经过了他的创作高潮，就留下的诗作而言，看不到多少痕迹。杜甫完全不一样。他进入创作高峰期，恰逢多难，不但经历了安史之乱的全过程，目睹了社会秩序崩溃时的悲惨，甚至面对儿子活活饿死的悲剧；后来叛乱逐渐平息，又深深体察到大唐的衰败趋势，社会走下坡路的无奈和伤感。他本身社会地位不高，流连于民间，明白苦难最多的是底层百姓。诗人悲天悯人的个性，令他不由自主地站在穷苦百姓一边，用自己的诗歌，为他们的命运呼喊，发出愤慨的抗争之声。

忧国忧民，历来是中国知识分子的基调。杜甫，作为天赋极高的诗人，胸怀"致君尧舜上"的抱负，却始终没有机会施展。安史之乱，更是把他抛到水深火热之中，与饥饿和死亡仅咫尺之遥。这时候，他的忧国忧民，就不是一般的书斋里的伤感，而是绝望中心灵的呐喊；并非如某些评述所说，是同情底层百姓，他自己就多次落到贫困无望的深渊。他的创作风格，也就与李白的超凡脱俗有很大不同。

假如说，"安得广厦千万间，大庇天下寒士俱欢颜"尚属于书生的感叹，那么，"三吏三别"，就是杜甫坚决走向现实主义创作的象征，是用他手中仅剩的武器战斗、为穷苦百姓呼喊的杰作。古代诗人中，在杜甫之前，写百姓困苦的小作品偶然有之；在杜甫之后，规模性地表现底层艰辛的诗作也还是稀罕；杜甫的巍然独立，弥足珍贵。

杜甫有多方面的才华。"无边落木萧萧下，不尽长江滚滚来。""会当临绝顶，一览众山小。"气势不输于李白；"流连戏蝶时时舞，自在娇莺恰恰啼。""野径云俱黑，江船火独明。"细腻的笔法，亦是小景闲笔的绝妙。不过，直到讲述人间悲剧的故事，现实主义大师的色彩，方显示出鹤立鸡群的精彩。

"三吏三别"，以人物白描手法为主，叙事简单平实，表现得相当克制，作者的情绪似乎始终压抑着，没有喷发。唯其如此，才不露声色地击中读者内心，让你震撼，悲从心来，拍案而起。

以《石壕吏》为例。"暮投石壕村，有吏夜捉人。"三个儿子早就被抓去，还来抓丁，老头儿只能跳墙逃走。"吏呼一何怒，妇啼一何苦。"写双方的形态，老妇人叫苦没用，结果还是被抓去为军队做饭。"天明登前途，独与老翁别。"杜甫不动声色地讲完故事，没有呐喊之声，读者却被凄惨的情景惊呆，战争导致死死伤伤，骨肉分离，连年迈的老妇人也要去前线，深深为这家人呈现出来的悲剧难受。还有更惨的《无家别》。男人逃离死亡从战场归来，家乡却是一片荒废，只有野兽瞪眼看他。未及安顿，县令又来征他当兵。他四顾茫然，无人送他，他也没有可以告别的，老母亲死后尚未好好安葬。"人生无家别，何以为烝黎。"最后这句，口气重了点，稍稍显示出诗人的愤慨，老百姓还怎么活呢？

屈原以楚辞叙事，风格还比较自由；到了唐代的格律体，格式韵律限制多，叙事，特别是比较复杂的叙事，很不容易。经杜甫神来之笔，被娴熟地用来写民间疾苦。他的创造力，影响了后来的诗词风。比如，白居易的《卖炭翁》，显然受到杜诗的启发。

不到六十岁，杜甫就撒手人间。一说饿死，一说病死，还有一说，饿久了吃得太饱撑死。都是令人唏嘘掉泪的死法。杜甫以自己的离去，为他描绘的悲剧，又增添了一幕。

作为中国人，当我们以大唐盛世自豪的时候，还应该记起杜甫的"三吏三别"。社会形态是复杂的，底层百姓，永远是弱势群体。即使在盛世，关注百姓的疾苦，同样刻不容缓，肯定是文学永恒的命题。

韩愈 ［中唐］ 文道合一

在耳熟能详的唐诗宋词之外，对于唐宋时期的文章写作，后人另有"唐宋八大家"的评定。韩愈，居"八大家"首位，声名显赫。韩愈之所以获得如此地位，并非仅仅由于生活的年代早，主要依据，是评定"唐宋八大家"的缘起。

唐初，文坛尚在延续六朝之风，华丽花俏，言不及意。魏晋以来，以南京为核心的南方六朝，经济生产和城市商业，尚属发达，但战乱不止，社会陷于难以安顿的状态。文人们精神无所依傍，思想比较紊乱，写作是在"技巧"方面兜圈子，绮丽空泛，过分讲究对仗格律，骈体文之类大行其道，且回避社会生活实际，更少思想内涵。到了中唐，此风依旧不止。韩愈站出来，力主改变这样空洞造作的文风。他期待"复古"，实质是回归儒家之古，回到先秦那种指点江山激扬文字的风范。韩愈不完全排斥佛道两家，但他的主体思想是儒学。后人评价韩愈的文章："文起八代之衰"。何等的气势啊。

韩愈在文章方面树起的旗帜，是"文道合一"。这个说法，经后世演绎，变成了"文以载道"，为现在大家熟悉的词语。这两个词语，粗看差别不大，"文以载道"好像更容易理解，恐怕也是它流传广的原因。仔细辨别，还是有差异的。在"文"与"道"之间，一个强调"合"，一个强调"载"。"合"是融会贯通；"载"，把双方关系变为"载体"与"主体"。这个问题，是文化传承时的演绎。我们先不详细讨论，回到韩愈的本意。

文道合一，不是简单口号，有具体的要求。比如，"务去陈言"，就是针对文章的表面华丽之风，大量堆砌辞藻，引用诸多典故，显示作者的学富五车，而不管文章对实际有多少意义；这类毛病，韩愈之后，依旧长期存在，亦是根深蒂固的陋习。再如，"气盛言宜"，是要求作者作文时，自己先养足精气神，而不是靠掉书袋子；作者病快快，却装得气壮如牛，面目就非常尴尬。至于"辞必己出"，要求更高，多数人难以做到；一般情况，能够少一点陈词滥调，有个体的立意，就不错。韩愈关于文章写作的要义，对后世文人的影响甚大。其实，直到今天，韩愈所批评的文章病态，大而无当华而不实的框架、满篇堆砌吓唬人的词语、滔滔不绝的空话等等，依然没有消失。

韩愈主张的"文道合一"，影响甚大，与他自身垂范相关。后人由衷佩服的，不光是在文章的写法上面，还有他的行为。韩愈和后来的柳宗元等，主张先"立行"再"立言"，就是你自己做得端正了，再引导读者，这个站位很高。我觉得，"文道合一"比之"文以载道"，在意味上更加精确，也正是在此。

韩愈以儒学的"仁政"为标杆，并且为此不惜牺牲自己的前途，乃至性命，敢于直言上书规劝。他二十五岁就中了进士，年轻有为，前程似锦。可是，当关中大旱，百姓生活艰难之时，韩愈挺身而出，上书《论天旱人饥状》，大声呼吁，要皇帝为百姓减免赋税。尽管韩愈用词讲究，颂扬了皇帝的仁德，只是讲述了百姓的苦难，期望皇帝体察。谁知，皇帝依旧大怒，大约觉得本来太平盛世，韩愈是没事添乱；也不排除有其他妒忌韩愈的官员陷害，结果，把韩愈从朝廷的中级官员，直接贬去下面做个阳山县令。

　　韩愈没有因为这次打击而改变自己。唐宪宗的时候，韩愈参与平定叛乱有功，得以升官，做到了大约相当于今天"部级"的高官，日子开始好过。那时，发生了一件大事。唐宪宗崇尚佛教，信仰自由，也是没得说。但是，唐宪宗要动用国库大量钱财，还要耗费巨大的人力，去法门寺迎接所谓释迦摩尼的舍利子，那就是个劳民伤财的大事件了。朝廷官员们，不满者甚多，畏惧唐宪宗，却不敢站出来阻止。这时候，又是韩愈不知趣，不识深浅，写下了名篇《论佛骨表》。韩愈的文章，思辨严密，论理丝丝入扣。从黄帝说起，尧舜禹，夏商周，那时佛教尚未进入中原，皇帝和百姓们都生活得可以，所以有没有"佛骨"，无关紧要。然后论及汉之后的情形，列举种种史实，敬佛者未必好，不敬佛者也不错。最后，才是正面规劝，唐宪宗礼佛，如果止于一般行为，没有问题，如何能为一小段骨头，如此兴师动众，耗费国财国力？文章收尾部分，用了孔圣人的话"敬鬼神而远之"，予以警示，期望唐宪宗能够回心转意。

韩愈的文章写得再好，唐宪宗一点听不进去，且龙颜大怒，要砍韩愈的脑袋。幸亏宰相等人讲了公道话，说韩愈有平叛大功，才保住了韩愈的小命。

"一封朝奏九重天，夕贬潮州路八千。"韩愈的名句，就是写那段历史。他再次因为直言上书，被赶出了朝廷。不过，也正因为如此，后人仰望他，知道他的"文道合一"，不是嘴巴上说说。身体力行，诚不欺人！

柳宗元 [中唐] 时也，势也

柳宗元比韩愈小几岁，可惜，寿命短，所以离开世间反而早，英年早逝。他们是共同倡导古文运动的战友。关于文风的除弊兴利，柳宗元的主张和韩愈大体相似。在叙述韩愈的时候，我们讨论过，这里略去。着重讨论柳宗元关于历史教训及时势的政见。他的政论，十分精彩。观点新颖，锋芒毕露，有势不可当的感觉。比方说，他在批判吏治存在的毛病时，发出惊人的警语："吏为民役"。这个观点非常超前了，与今日的"公仆"论，比较接近。

我们特别关注到，柳宗元政论的战斗性。他参与论辩时的逻辑，尤其尖锐深刻，气势磅礴。这种气度，对后世文论有相当明显的指引。

在大唐统治的时期，始终被藩镇的问题所困扰。安史之乱，是比较有名的藩镇军阀挑战朝廷的叛乱。安史之乱平定后，藩镇问题并没有真正解决。朝廷与藩镇之间大大小小的战争，此起彼伏。柳宗元生活和参与政治思想活动的年代，大体在唐德宗到唐宪宗的时候。那时，正是朝廷努力削藩而又屡遭挫折的岁月。要不要削藩，到底如何认识分封制，是朝廷大官和知识分子们争论不休的大课题。

柳宗元的《封建论》，是批判力极强的文字。他毫不掩饰自己反对分封制的态度，他的论证过程，又十分严谨，逻辑推理，步步为营，没有漏洞。在文章中，多个"势也"，处于十分显著的位置，是他立论和推理的基本支撑。

据说，孔夫子晚年读《易经》，曾发出"时也命也"的叹息。也许，那是孔子对于一生努力而不得志的伤感。柳宗元为儒学后人，他未必欣赏祖师爷的悲观。他把立论的依据，改为了"时也，势也"。

唐代的分封，始于唐太宗。讨论当朝唐太宗行为的得失，忌讳且不讨好。柳宗元将批判"封建"的话题，直指源头，从论述远古，特别是上古的分封制，作为立论的核心。从头至尾，一连串关于"势"的叹息完成了逻辑推论。

夏商周时期，生产力水平低下，社会管理的能力薄弱，管理的半径有限，从中心区域传达意见去远处，都非常吃力，管理者了解别处的情况，肯定有限。为了社会运行的顺利，特别是为了抵抗自然灾害或者外族入侵，只能首先依靠各个区域的组织力量。因此，柳宗元说，分封不得不实行。"非圣人意，势也。"主张分封制的学者，口口声声把圣人的态度作为立论的包装，柳宗元一个"势也"，就把他们的保护伞掀掉了。

把上古的分封道理说清楚了，没有在纸面上讨论的，唐太宗分封的道理，也迎刃而解。唐朝建国之初，疆域宽广，朝廷的军事力量，难以一一顾全，边沿地区遭受外族威胁，难免顾此失彼。唐太宗搞分封，表面上是犒赏有功之臣，实际是让他们自行组织军事力量和后勤保障，抵御入侵的敌人。"非太宗本意，势也"这句话，没有写在柳宗元的文章里，理解起来，亦是顺理成章。

那么，太宗的本意是什么呢？作为中央集

权的首脑，其本意自然是加强朝廷的控制力。到中唐，分封造成的藩镇势力尾大不掉，屡屡威胁朝廷的权力，已经是明摆着的事实。柳宗元《封建论》的核心思想推理得十分清晰，必须削藩，以郡县制代替分封制，实现从上到下的全面掌控。

柳宗元"时者，势也"的思想，雄辩且充分说理，深深获得同代人和后来者的赞赏。没有绝对的脱离时间地域的道理，所谓"此亦一是非，彼亦一是非"，并非和稀泥的诡辩，而是指向决策的客观情势制约。社会越来越重视实际生活对管理方式技巧的要求，注重因时因地的灵活圆通，而不是口口声声引经据典，照搬照抄遥远的"圣人"的教条，渐渐成为共识。

很久之后，清代有一位文人，到四川凭吊诸葛亮，在武侯祠写下一副著名的长联。上联，在谈论孙子兵法时我们引用过，下联"不审势即宽严皆误后来治蜀须深思"，在审时度势的问题上，与柳宗元一脉相承。

我想起中国抗日战争时期，关于"速胜"还是"持久战"，"阵地战"还是"运动战""游击战"，也曾经有诸多争论，其实，同样属于"时者，势也"逻辑范畴。

冯道 [唐末—五代十国]

"天道"抑或"末流"

　　大唐结束，至北宋再次一统。其间有一段乱世，时间不算很短，达七十余年，史称"五代十国"时期。所谓五代，是指当时中原地区几个不断更替的政权；至于十国，主要为中原之外的割据势力。这些大大小小的统治者，与业已崩溃的唐朝，有或多或少的关系，或是李姓贵族后裔，或是唐皇室外戚后人，或是唐朝册封的藩镇残余。也有特殊的，比如契丹曾经短暂攻占中原，建立辽朝，史书将其排斥在"五代"之外。

"五代十国"期间，为后世知晓的名人，首推被宋军俘虏后一直"凄凄惨惨戚戚"的南唐后主李煜。他的婉约词写得别具一格。一二流的骚人，三四流的皇帝；"流水落花春去也"，不讨论也罢。另外还有一个很特别的文人，被称之为"不倒翁"的冯道，倒是值得说一说。

那时，中原走马灯似的五个朝代，冯道辅佐过四个朝代的十来位皇帝，得到的官衔都不小，以宰相级为多。有人挖苦，冯道把自己当作职业宰相了。"五代十国"之后的宋朝，著名的文化人，如范仲淹、欧阳修、司马光等，都狠狠骂过冯道，称他不知廉耻、毫无节操。那时，冯道已经长眠地下，丧失了为自己辩护的能力。

有一个问题，值得探讨。冯道到底有多少独特本事，让那么多朝代的皇帝喜欢重用他？

其实，唐之后，中原的五个小朝廷，算不得彻底的改朝换代，那些短命的皇帝，如前所说，转弯抹角地与寿终正寝的大唐有关联。也可以认为，皇帝是轮流做了，社会的贵族上层，没有从根子上改变，朝廷的办事机构，因而也多少保留着，这是冯道能够左右逢源的基本原因。再加一个条件，冯道的官声、文才俱佳，所以短命的皇帝们会欣赏他，乃至依赖他。

有人说，不对啊，冯道服务的对象，除了五代的那些皇帝，还有外来的入侵者。此话不错，在混乱的年头，北方的契丹，曾经短暂地统治过中原，建立了辽朝。其时，冯道依旧不倒，被辽国皇帝封了大官。好像入侵者也盯着冯道不放，同样喜欢用此位"不倒翁"。这种难以置信的情况，实际是有前因后果的。

在契丹的军队打进来之前，统治中原的是

后晋。后晋皇朝曾靠契丹支持上台，与契丹来往密切，便派冯道去契丹联络交好。契丹素来知晓冯道的才干和文名，强行挽留冯道，让他帮助打理行政事务。耗了两年，才让冯道回归中原。因此，契丹领导欣赏冯道，发兵打进来，建立辽国，继续重用冯道，也是能够理解的情况。

汉唐之间，也曾有乱世，魏晋南北朝，历时更长。那时的知识分子，应对乱世的态度，或者隐遁山林，或者出家避祸。五代的冯道，选择了另一条道路，于混乱的世道里，先后服务于走马灯似的各个小朝廷，又勉强保持着自己的独立性。这是危险的选择，提着脑袋的选择，还容易被后世儒家责骂。

冯道聪明，所以写下过一首题为《天道》的短诗，是表明心迹，提前为自己辩护。诗中一句话很出名："但知行好事，莫要问前程。"假如冯道是贪赃枉法之徒，这样的诗句，纯属巧言令色，不足道。不过，历来的苛评，都仅指向他"不倒翁"般的无节操，他的人品官品，并无显著非议；可以见到的史料，说他不贪财不好色，还能够帮助穷苦百姓。当然，儒家的观念，"饿死事小，失节事大"。冯道的行为，在儒生们看来，守小节，失大节，被宋代的文豪们骂得狗血喷头，亦是咎由自取。

　　冯道最难辩解的行为，就是在契丹建立的辽国做了大官。看到一则史料，不知真假，说辽国皇帝问冯道，当下谁能够救百姓。冯道回答，佛祖再世也救不了，只有你皇帝能救。这种拍马屁的话，听来似乎令人恶心。不过，联系当时现状，打进来的契丹军队，随时可能对汉族大开杀戒，冯道的奉承，也许说动了辽国的统治者，在一定程度上缓解了危局。

冯道其人，到底是在按"天道"行事，还是等而下之、但求自保的文人"末流"？本文不下定义，只是描绘五代十国期间的一幅肖像，一个相当特别的知识分子。

范仲淹 ［北宋］ "垂范"

　　经过五代十国的动荡，北宋的军事力量，很难恢复到唐代水平。号称"大宋"，军力疲弱。原因早有种种分析，这里不多研讨。北方游牧民族的压迫，始终如高悬的利剑。北宋初年，民间传说的"杨家将"等传奇，实际是军力不足年代的悲壮故事。

　　尽管军事力量式微，社会其他方面成长得却快，是动荡年代结束后的强势反弹。比方说，北宋文化活跃，出来不少人物，可以与唐朝媲美。王安石为首的主张革新的文人，与司马光代表的保守文人的对峙，是史书上经常议论的话题。在他们之前，还有几位北宋文坛大家，公认的前辈，首推范仲淹了。

后人知道范仲淹，都是从他的名篇《岳阳楼记》开始。此篇收尾，亮出他要表达的思想："不以物喜，不以己悲，居庙堂之高则忧其民，处江湖之远则忧其君。是进亦忧，退亦忧。"最后归结为"先天下之忧而忧，后天下之乐而乐"。

这番忧国忧民的宏论，并非范仲淹独有。不过，以一生的辛劳，智慧地渡过种种劫难，至死不改初衷，勤勉实践了此誓言的，并不多见。在他死后六百多年，被隔了好几个朝代的康熙褒奖，称他为"先儒范子"，就更加令人称奇。

范仲淹幼年丧父，为生活所迫，其母带着两岁的他改嫁，连姓都由范改为朱。年幼的不幸，成为他人生的动力，发愤读书，改变自己的命运。据说，他求学的时候，往往以粥和菜梗为餐，生活条件好些的同学，看他可怜，送他美味点的东西，他却不肯接受。问原因，他回答说，我怕吃过好东西，就吃不了粗食了。这样的人生背景，对他了解民间疾苦，形成忧国忧民的情怀，是有益的。

我们先看看他早年做的一些事。经过寒窗苦读，在二十六岁的时候，中了进士，做了管理讼狱的九品官。起步方正，处理案件秉公执法，因此很快升了官。三十岁出头，范仲淹调到黄海之滨，负责监督淮盐的贮运和转销。在古代，盐官是肥缺，不少盐官，在任上是发财的。范仲淹的目光却是盯住了年久失修的海堤。因为海堤溃败，海水倒灌，人民遭受灾难。范仲淹忍不住，管起分外事，写出净言，力陈此事的危害。算他走运，上级倒是接受了他的想法，奏请朝廷准许修堤，并且推荐范仲淹做负责修堤的县令。此后，范仲淹又被南京留守邀请去主持应天府书院，担任北宋最高学府的府学。宋朝定都开封之后，把宋州作为南京，建应天府，依旧是文化核心城市。范仲淹在南京主持学府，他的才学见识，开始多方面展现，名声更大了。

范仲淹为官的起步比较顺利。不过，随着他进入朝廷中枢，他的直言敢谏，就显得很危险。举荐范仲淹到京城为朝廷效力的，是当朝大官、又是著名词人的晏殊。范仲淹担任的官职，大约相当于皇帝的文化秘书，以范仲淹的才学，能愉快胜任。他没有利用在皇帝身旁的机会，谋取更大的功名，却又开始管分外之事。他觉得太后长期垂帘听政，且做出些违反规制的事情，不利于国家，所以勇敢地上书，希望改变这种情况。晏殊得知后，大惊失色，当面责问范仲淹，说他此举不但危害自身，还要连累举荐他的朋友。范仲淹虽然感激晏殊的知遇之恩，但是，他没有退缩，坦然告诉晏殊，为了国家利益，不能够害怕牺牲自己。

范仲淹还算幸运，朝官们帮他说情的不少，因此没有性命之忧，只是被逐出朝廷，到地方上去。此事给范仲淹的好处，让他学得一种自我保护的智慧。范仲淹为官三起三落，直言相谏的脾气不改，但是，遭遇重大挫折的时候，他会主动申请外放，离开朝廷。这样，攻击他的火力就会减弱。

范仲淹不仅仅是一个读书人，他文武兼修，所以在北宋遭遇危机的时刻，能文能武的才干，让他获得了新的机遇。五十多岁的时候，他被贬在离京城遥远的地方为官，看来已经没什么回归中枢的可能。不料，正好碰上西夏进犯北宋，边境上战斗激烈，准备不足的宋军，屡屡大败。北宋朝廷，人心惶惶。这时候，有人提议，把范仲淹召回来带兵。宋仁宗终于记起这位忠心耿耿的大臣，立刻下诏，让范仲淹出马。在那个年代，五十多岁，已属于老迈之身，要奔赴前线，又是面对西夏的虎狼之师，实在勉为其难。范仲淹无丝毫推托，接旨立刻动身。他很兴奋，为国家效力的机会终于到了。危难之际，中华民族的优秀子孙，总是置个人安危于度外。

范仲淹带兵去前线，是真刀实枪干。他亲自布兵排阵，部署大小战事，屡次历险，均被一一化解。他老谋深算，避开西夏兵的锋芒，以静制动，等待战机。他懂得攻心，感召边境少数民族，脱离西夏，为宋朝效力。他严明军纪，赏罚分明，提携培养出如狄青等名将。最后，迫使西夏签约议和，范仲淹功不可没。

两三年后，范仲淹带着赫赫战功，回到朝廷。不久，被任命为副宰相。这般年纪，可以安心享受高官厚禄了吧？范仲淹却脾气不改，他深深知道朝廷的积弊，不大刀阔斧推行改革，终难长治久安。他提出改革的十项建议，推动宋仁宗开始了"庆历新政"。以范仲淹的智慧，他未必不知道改革的艰难，是知其不可为而为之。果然，新政不过一年，保守派们罗列罪状，把革新派赶出了朝廷，范仲淹又一次被贬到地方任职。他年事已高，再也没有力量重新站起来。在故乡，他以个人不多的积蓄，尽绵薄之力，购买了田产，资助范姓的穷苦孩子，让他们有读书上进的机会。范仲淹本人，在贫病交加中离世。

说了那么多，只是想证明，"先天下之忧而忧，后天下之乐而乐"，并非空洞的口号。范仲淹以一生的实践，为后世做了垂范。

众里寻他
千百度，
蓦然回首，
那人却在，
灯火阑珊处。

[宋]
辛弃疾

无边落木
萧萧下，
不尽长江
滚滚来。

［唐］
杜甫

苏轼 ［北宋］

儒释道，浑然天成

比范仲淹稍晚，北宋文坛还有一个领袖式的人物，是欧阳修。欧阳修称得上"伯乐"，他发现和培养了一批文人，其中，最负盛名的，当然是苏轼。

苏轼在政治上幼稚些，缺乏范仲淹的智慧。范仲淹既敢于直言上谏，也会战术退却，比如主动要求离开朝廷，去地方做官。苏轼随心随意行事，不考虑退路。所以，范仲淹还有三起三落的机会，苏轼年轻时得意过一阵，之后基本处于贬贬贬的流放之中，很少回旋的余地。

从坎坷人生与文学成就的比较出发，我们可以分析苏轼极为独特的人格品性。

简单来说，苏轼是以儒学修身为底，杂以佛学静心，再辅之道家养气。

隋朝王通提出"三教可一"，并且身体力行，将佛道的养生之学拿过来用。那毕竟是浅尝辄止。到了唐代，士人中喜欢谈佛说禅的，不在个别；还有人喜欢寻仙访道，大诗人李白就是一个。不过，真正将儒释道三家融会贯通，还真要首推苏轼。

儒学为安身立命之本，这点不含糊。儒家要士人入世，修身齐家治国安天下，苏轼照着做了。他出手不凡，参加科考，一举成功，所撰文章，惊艳了两位主考官，都是当朝大文人。其中，欧阳修尤其对他欣赏不已，认为他将来前程无限。这当然是好事，主考大人惺惺相惜，大好前途展示在苏轼面前。

"祸福倚伏"，是老子的思想，当无妄之灾降临的时候，苏轼会记起这位哲人的警告。在范仲淹主持新政的时代，欧阳修是支持变革的；到了王安石变法革新的时候，六十多岁的欧阳修，开始偏于保守。因此，王安石获得皇帝支持，强力推行新政，欧阳修关注的，却是变革带来的弊病，因而加入保守官僚阵营，反对王安石。进入朝廷不久的苏轼，不知天高地厚，跟随自己的恩师，也对变法之事表示不满。那时，王安石有皇帝撑腰，革新的态度十分坚决，对阻挡变法的势力，毫不留情，或驱逐出朝廷，或下狱处置。苏轼也就毫无思想准备地遭殃。

年轻人，刚刚入仕，还没来得及一展宏图，便挨了闷棍，内心的沮丧，可想而知。如果他一直追随恩师，跟着保守派走到底，熬一熬，假以时日，会有出头的时间。苏轼不是这样的脾气。儒家的教义，为臣者，须尽忠敢言，不能因私忘义。所以，当王安石变法受挫，保守派卷土重来，又占领了朝廷中枢时，儒生苏轼，再次因为耿直而遭殃。他批评保守派全盘否定革新，走过头了。这样一来，革新派和保守派都讨厌苏轼，都把他视为对手。苏轼的噩运，从此纠缠他一生。革新派与保守派拉锯，反反复复，苏轼被不断锤击，差点还掉了脑袋。王安石有点不忍，毕竟苏轼才华卓绝，说了句"岂有圣世而杀才士者乎"的话，才给他留下性命。但是，流放再流放，是苏轼逃不了的宿命。

逆境之中，苏轼没有自暴自弃，没有颓废，与他在儒学之外，获得精神支撑有关。他后来自称"东坡居士"，明显是向佛学靠拢。佛学强调对人生的悟性，顺境逆境都看淡的修为，对他让心安定下来，有非常大的好处。

关于苏轼与大和尚们的交往，参禅斗智，民间有不少充满趣味的传说。那些，看看笑笑，不能全然当真。他确实访问过许多有名的寺庙，大和尚们的智慧，对他的思想产生了影响。从他留存的诗作中，能够看到痕迹。比如，著名的《题西林壁》，"横看成岭侧成峰，远近高低各不同。不识庐山真面目，只缘身在此山中"。此诗，小学生也熟读于心。后两句，乃充满哲理的名句。仔细分析，是苏轼对佛学的演绎。原因当然不止于题诗在佛寺，而是用普通的语言，讲明了佛学的一项要义：人的苦恼，是陷于尘世和肉身而难以自拔。跳出来，方能恍然大悟。佛学，让苏轼放下官场失败的烦恼，心静下来，他的才华在诗词之中得以释放。

苏轼不仅在佛学上寻求慰藉，他自幼熟读

的老庄书籍，道家的效法天地自然的气韵，也在落难之时贯穿了他的身心。佛学悟色空，静心灵魂魄；道家问天地，求浩然之气。苏轼在创作中亦充分体现了这种贯通。比方说，《前赤壁赋》，有人说表达了佛家理念；有人不同意，说苏轼想见神仙，当然是道家思想。其实，在苏轼心中，儒释道是混为一体了。

著名的《赤壁怀古》，在我看来，是豪放一派在词创作上的第一。那番洞穿古往今来、天上地下的豪气，儒释道精气神具备，与苏轼一生的坎坷，似乎搭不上。这就是苏轼的格局了。他的格局之大，是他心胸全开，接纳人世间各种智慧的结果。

假如，没有早年在官场上失意，苏轼的才学，让他一帆风顺，官运亨通，恐怕难以将儒释道盘得如此通透。诗人不幸文学幸，此话不假。

北宋文坛，所谓新旧的对峙，虽说严峻，毕竟没有走到你死我活的地步，是他们的理性，也是儒家以"中庸"修身的范例。千年回首，文人们政见上的分分合合，比之他们留下的文章和诗词，意味差得多了。

朱熹 [南宋] 教育：循序渐进

北宋文官们的奋斗，前后几次变革，终究没法治愈深入筋骨的毛病。在北方民族的强势碾压下，一百六十余年的北宋王朝悲惨地消亡结束。新开张的南宋朝廷，更是先天不足，面对咄咄逼人的入侵势力，一副愁眉苦脸的模样。抗金名将岳飞的故事，也就像北宋杨家将传奇一样，充满了壮怀激烈的悲情。

南宋的文人们，不会因为舞台变小而慵懒，只是少了一些底气。唐宋八大家的豪爽，指点山河、高论风生的姿态，消散在北宋败亡的烟尘里。好在儒家生命力顽强。这时，离孔子的年代约一千六百年，又出来一位集大成者——朱熹。朱熹不是一般的儒学倡导者，他心气高，拿出了整套的思想体系，称之为"理学"。在南宋之后的元明清几朝，朱熹的"理学"，经常处于文化的主导地位，实在不容轻视。关于"理学"，可以讨论的问题，非常多，头绪极其繁杂。朱熹生前，也是喜欢辩论的，曾经就自己创立的"理学"，与其他学术的长短，辩论得不亦乐乎。剑走偏锋，我们只打算讨论一个问题，就是朱熹的教育思想。

朱熹教育思想的重要，通过纵向和横向的比较，可以清楚地呈现出来。儒家是以教育起家的，孔子在政治上并不得志，在教育方面，则大获成功，他的门生遍布列国，他的思想，也是通过门生整理和传播的《论语》，才得以流传蔓延。如果孔子不是花了极大的精力搞教育，他在中国文化史上未必能占据如此显赫的地位。

孔子重视教育，一辈子教学生，不过，他对于教育的基本规律基本方针，并没有详尽地论述。孔子之后，历代儒学大师，这一类的理论，也未见系统表述。这样，就为朱熹深入阐发教育思想，腾出了空间。

横向再比较一下。西方现代教育，比中国先进。但是，在文艺复兴之前，西方的教育主要靠宗教体系，神学院发达。欧洲产生系统的教育思想和教育理论，是在文艺复兴时期。比如，卢梭就有相当多的阐释。不过，文艺复兴，卢梭他们活跃的时期，比朱熹晚了五六个世纪。至于脱胎于神学院的欧洲现代教育，为什么后来居上，明显超越中国教育的发展，那是另一个专门话题，这里没法论及。

朱熹的教育思想，先进性如何？且说他关于学生教育的年龄分期。他认为，学生教育，可以划分为"小学"和"大学"的不同阶段。"小学",为十五岁之前,"大学",为十五岁之后。这就非常有意思,与现代教育科学的分段大体契合。我们现在实行的义务教育,是九年。一般是六七岁进小学,九年制义务教育结束,差不多就是十五六岁。中国古代社会的教育,以《四书》《五经》等经典为主,并无现在的数理化之类。在朱熹看来,一个孩子,在"蒙学"阶段,是不能够硬性要求去读那些古代的经典,需要为他们特别编写儿童教材,并且强调注意培养孩子健全的人格。到了十五岁,初浅的内容,比如诗词之类,该读的基本读完,该背的也烂熟于心。这时候,进入"大学"阶段,再去读《四书》《五经》,主要不是听老师讲学,而是自己研究思考为主。能成才必然成才,造化不够的,自然淘汰。即所谓"小学学其事,大学明其理"。朱熹的思想,符合孩子们成长的规律,也符合当时中国教育的实际情形。直到今天,从教育生理学和心理学分析，也依然站得住。

朱熹关于读书学习的方法，有清晰的逻辑。简要说，就是"循序渐进"。特别是孩提时代，学习应"由浅入深，自近及远"。他的弟子，总结了朱熹的读书方法，除了循序渐进，还有熟读精思、虚心涵泳、切己体察、着紧用力、居敬持志等等。至于著名的"格物致知"，就不是对一般书生的要求，而是那些可以称为大学问家所具备的木事。

朱熹可贵之处，在于除了阐述教育理论之外，还亲自推动了教育实践。他一手创办的白鹿洞书院，是中国古代书院中的佼佼者。

白鹿洞，在庐山，曾经是唐人读书的所在，后来扩建为学府，但是在北宋期间，被入侵的金国军队毁掉。朱熹看中这块宝地，决心要重建学院。不管朝廷是否支持，也不管冷嘲热讽者的刁难，朱熹动用自身的资源，主要是靠众多弟子出力，重新修建了白鹿洞书院。此处可容纳二十多个读书人求学，在当时，这样的规模不算小。书院的院规制度，由朱熹亲自撰写，体现他的教育思想。我猜测，朱熹决意把书院建在远离城市的山区，是希望给学子们创造安静的学习环境；笙歌曼舞的花花世界，如何放得下安静的书桌？那个年代，尽管毕昇的活字印刷已经问世，但是，书籍依旧是稀罕而贵重之物。为了让学生们有书可读，朱熹不但捐献自己的藏书，还广发英雄帖，邀请热心的朋友赞助书籍。

"理学"庞大的体系，也许让今人摸不清路径。择其一脉，微言大义，朱熹重视教育，积极实践，在南宋岌岌可危的世道，坚持了教育济世的理想。他所阐述的求学途径、学业细分、读书方法等观念，至今没有过时，功莫大焉。

辛弃疾 ［南宋］

金戈铁马一儒将

南宋，是尴尬的朝代，一百五十余年，没有稍稍安全的岁月。北宋年间，好歹还有《清明上河图》记录的繁华。南宋留下的，则是"暖风熏得游人醉，直把杭州作汴州"之类的哀叹。

在民族危亡的时刻，志士仁人挺身而出，是中华文明源远流长的保障。武将有岳飞韩世忠等一批，不屈不挠地浴血奋战；和平年代琅琅读书的士子们，此时也有投笔从戎的，成为叱咤风云的战士，辛弃疾比较有代表性。

辛弃疾在沦陷后的北方长大。虽然家境不错，从小获得较好的教育，但是，他目睹在铁蹄下生活的人间疾苦，立志为驱逐入侵者而奋斗。二十多岁，辛弃疾参加了北方抗击金国的起义军，迈出了"金戈铁马，气吞万里如虎"的征途。

在北方义军中，辛弃疾力主与南宋军队联合抗金。他去南宋朝廷联络之时，北方起义军的主要首领，却被叛徒陷害。辛弃疾义愤填膺，率领五十余骑，突袭金军大营，竟然于五万金国军队之中，抓获叛徒，安然撤出。英勇威猛，势不可当，实在可与传说中长坂坡的赵子龙相比。

南宋朝廷最高层，大约从未制定过恢复中原的战略。偏安一隅，其心已足，颓势十分明显。南宋能够延续一百五十余年，靠诸多抗金名将拼死作战，后来，蒙古势力崛起，金国腹背受敌，也帮助南宋暂时分散了压力。

　　辛弃疾出生那年，正值岳飞大败金军却被十二道金牌召回；他参加北方起义军的时候，又与虞允文打败金国南下大军的时间交接。辛弃疾遭遇的年代，南宋朝廷中，主战主和两派，一直争执不休。主和派占上风的时候居多。因此，坚决主张北伐，收复黄河两岸土地的辛弃疾，地位不稳。朝廷欣赏他的勇猛和忠耿，却又打压他的北伐热情。让辛弃疾经常处于报国无门的苦闷之中。

　　这里，顺便说一下同时期的另一位文人虞允文。以战功来评，虞允文应该在辛弃疾之上，特别是打败金军的采石矶大战。虞允文本来奉命劳军，见前线没有主帅，军队近乎崩溃，他挺身而出，激励士气，几乎以一己之力，扭转败局，最后促使金军内乱，得以保住了岌岌可危的南宋朝廷。我们选择辛弃疾作为文人投笔从戎的代表，是因为辛弃疾豪放的诗词，千百年来不断焕发民族的爱国激情。

词，格式不像律诗绝句般整齐；特有的长短句，从诵读效果看，尤为适合表达强烈的情感；抑扬顿挫，节奏变化，将内心更自在地宣泄出来。在展现作者壮阔奔放的思绪，或者婉约绵长的情致等方面，均可达到淋漓尽致的效果。辛弃疾的词作，在上述两个方向，都有上乘之作。后者，如"众里寻他千百度，蓦然回首，那人却在，灯火阑珊处"这个方向，非本文关注的要点，只是点到为止。

辛弃疾留给后人的词作，多数是豪放的、悲壮的，与他一心恢复大好河山的抱负相关。

与辛弃疾同属主战派的某文人，在遭受主和派打击之际，郁闷地拜访业已赋闲在家的辛弃疾。两人喝了点小酒，惺惺相惜地互相勉励鼓劲，辛弃疾诗兴大发，写下了一首著名的词，开头就很震撼："醉里挑灯看剑，梦回吹角连营。八百里分麾下炙，五十弦翻塞外声。沙场秋点兵。"写这首词的时候，辛弃疾的年龄，将近半百，时人寿命不如现在，就带兵打仗来说，已经属于高龄。辛弃疾没有英雄迟暮的叹息，依然是少年情怀，洋溢着纵横于数万金兵中、取叛徒性命的那番杀气。

可惜，南宋朝廷，长期被偏安一隅的灰色情绪笼罩，辛弃疾难以施展才能，被闲置被打击的时间居多。"千古江山，英雄无觅，孙仲谋处。""凭谁问，廉颇老矣，尚能饭否？"这里的情绪，有悲更有壮，还是随时准备着，服从召唤，重归战场。他与另一位南宋词人陆游心心相通："僵卧孤村不自哀，尚思为国戍轮台。"可惜，生不逢时，南宋朝廷没有给爱国心碎的书生们机会。

辛弃疾不幸，辛弃疾又幸。他去世的时候，尚不知道南宋面临着更大危险。金国的虎视眈眈，将让位于蒙古铁骑的蹂躏。在他去世后二十七年，蒙古军队虚与委蛇，联合南宋灭金，危险开始迫近。再过了四十几年，南宋这艘危船沉没。南宋文人们的悲哀，最后由文天祥呼喊出来："人生自古谁无死？留取丹心照汗青。"

关汉卿 [元朝] 生存与抗争

　　元统治中国，不到一百年。近百年光景，中国文化的模样，变化得难以辨识。耀若星辰的唐诗宋词，缺乏继承者；由先秦发端，到唐宋八大家蔚为大观的散文，似乎也难以寻找踪影。是知识分子都被蒙古军队杀光了？未必。蒙古铁骑南下，确实暴行累累，例如在成都、常州等地的大屠杀。他们针对的，主要是敢于反抗入侵者的志士和民众。对于汉族文化人，很多的历史材料，则是威逼利诱劝降的记载。

　　整个时代变了，适合唐诗宋词的土壤不复

存在。元代，在诗词文章衰弱之际，兴起了杂剧和小曲的创作。后代的士大夫们，不见得重视这类作品，但它们的存世，说明彼时文化发展的新倾向。其中，代表性的人物，应该是关汉卿。

关于元朝对中原地区的统治，史学界有不少争议，甚至有"崖山之后无中国"的极端说法；也有人指出，那种说法，是某国人士为打压中华自信所编造。本文不参与此类分歧的讨论。我们关注的焦点，是杂剧和小曲的生长，它们为什么在那时兴旺起来。

先看关汉卿的由来。这样一个文化方面的代表人物，可靠的记载甚少，甚至难以确凿认定他的基本经历，他死亡的年代，也依靠后人推测。这种现象，只能解释为作家的社会地位很低，只是在社会底层活动，当时的官方，没有把关汉卿当一个人物。我想，这与元朝统治者的歧视政策有关。朝廷有没有明确把人划分三六九等，不是要害。但是，蒙古贵族们位于社会顶层，而最迟被他们统治的族群，即原南宋区域的汉人在底层，是可以想见的事实。关汉卿曾经在北方生活，他似乎无意在元朝谋取功名，于是逐步南移，创作活跃期的生活区域，以扬州杭州等地为多。在元朝官员眼睛里，那是较晚归顺的地区，民众等而下之，唱唱小曲，演演杂剧的，更是不值得正眼看待的小人物，不登大雅之堂的末流。

在元朝统治者忽视的领域，汉文化的承继者们生存下来，并且努力去创造一点业绩。这是关汉卿们的宿命，也是杂剧能在历史上占据一席之地的解释。

在元朝严酷的环境里，个人能够有骨气地

生存，需要智慧；与此同时，为承继汉文化做点事情，需要大智慧。仔细分析关汉卿的杂剧内容，里面竟然还包含着对当时社会的愤怒和抗争，那就更令人由衷敬佩。

关汉卿的杂剧，在当时的市井生活中得到欢迎，主要靠两方面的题材。一是取自中国传统故事，特别是能够获得民间高度认可的英雄人物的传说，比如，《单刀会》中的关云长。通过民间的演绎，三国时代的关云长，渐渐变得像神一般的存在。关汉卿创作《单刀会》的时候，小说《三国演义》尚未问世，因此，是知识分子较早吸收民间养料，参与关云长塑造的实践。不必过分拔高关汉卿此类创作的意图，认为他塑造中华英雄的目的，是为了鼓舞大众反抗元朝的统治。关汉卿的潜意识，是否有此意图，无从猜测。不过，此剧长期获得欢迎，当然与观众的心情有关。在被贬斥到"贱民"地位的汉族群众心中，英雄人物的回归，哪怕仅仅是在舞台上的回归，也是黑暗中的一抹亮光。

关汉卿另一类受欢迎的创作，表现了底层民众对不公平世道的反抗，特别是所谓弱女子的抗争。选择底层社会女性作为抗争的主角，恐怕与关汉卿的生活状态相关。他行踪飘忽，经常流连于市井勾栏，耳闻目睹，有大量生活素材。同时，也是关汉卿智慧的体现。弱女子的抗争故事，恐怕不至于引起官府的警惕，被打压的可能性少些。其中，影响最大的作品，是《感天动地窦娥冤》一剧。

"窦娥"之背景，不是前面历朝，直指元统治的岁月。窦娥，作为一个被欺凌的弱女子，至死不屈，抗争的正是元统治下的暗无天日。这里确实包含着创作者的机敏。假如抗争者换成更强有力的男性反叛形象，也许会引起官府的警觉。剧中，有的语言，相当犀利："地也，你不分好歹何为地？天也，你错勘贤愚枉做天！哎，只落得两泪涟涟。"

元朝贵族善于纵马驰骋，对文化比较生分，没有关注到关汉卿们的杂剧活动，官方记载对此付之阙如，就是证明。这也许是关汉卿并未遭遇噩运的原因吧。

关汉卿之后，元剧比较有影响的人物是王实甫，代表作为流传甚广的《西厢记》。王实甫活跃的年代，属于元朝中期，社会经济生产有所恢复，但是，元朝统治者的压迫和掠夺并未改变。王实甫的作品，从语言艺术上说，精致细腻，主题是反对封建思想对人的压抑。但是，对现实抗争的力度，显然不及关汉卿。

王阳明〔明朝〕知行合一

朱熹身后，约三百年，儒学又出来一位大家，明代的王阳明。朱熹创立的学术体系，名为"理学"，王阳明的思维集成，则称为"心学"。一字之差，大相径庭。

朱熹和王阳明，都是儒学正宗，不过，又非常智慧，能够吸收别家的思想精华。朱熹的"理"，与老子的"道"，贴得相当近。老子认为，"道"生万物；朱熹说，"理"是万物本源，意思相近。王阳明"心学"的要义，则是"心即天理"，进一步推论，"心外无理"，"心外无物"，反驳了朱熹的学说，却与佛学走近了。关于"心"，有禅语道破天机，"本来无一物，何处染尘埃"。佛学主张坐禅修心，把"悟"看成至高的境界，与王阳明的"心学"，也就互为犄角。

隋朝王通率先提出"三教可一"，唐宋元明各代，文化人打破门户之见，孜孜不倦，将儒释道各派精华融会贯通，是中华文化源远流长之幸。

不过，王阳明终究是儒学大家，不会陷入佛家终身面壁修心的迷局。他对"心"的研讨，目的还是"入世"。儒家的目标，永远是"修身齐家治国平天下"。王阳明说："破山中贼易，破心中贼难。"似乎特别强调修心的重要。仔细一想，他的大目标还是打败山中贼人，以求扬名立万；修身养性，乃建功立业的基础。

因此，为了把"心学"与儒家入世目标结合起来，王阳明扼要提出的核心观点，就是"知行合一"。既然"心即天理"，"天理"为"良知"，智者悟透天理，获得良知，不仅是为了个人养身长寿，也不是为了坐而论道、夸夸其谈。"知之真切笃实处即是行，行之明觉精察处即是知。"这话有点拗口，另一句简洁些。"知是行之始，行是知之成。"总之，在王阳明看来，知行难以分割，知之深，行之切，浑然天成，才是理想状态。

王阳明的特别，或者说他对当世以及后世的影响极大，甚至把这影响扩展到他国，是与他实践了自己的学说，密切相关。"知行合一"，王阳明说出来，自个儿也做到了，就像科学假设获得了实验的证明，不容你不膜拜。

王阳明是书生，在朝廷中，原来属于文官

系列。但是，当明朝面临危局的时刻，他临危受命，挺身而出，率军打仗，并且立下奇功，得益于他内心的强大，无所畏惧，智慧超群。

明代，南方匪患经久不息，是当时政治经济社会矛盾的集中体现。朝廷的官员们畏匪如虎，竟有武将称病不敢去剿匪的。王阳明智者不惧。他敢于整顿军队，使涣散之兵成为骁勇之师；他善于分析匪情，分化瓦解各处占山为王的土匪；他清醒地体恤民怨，尽力帮助南方民众解决基本生存之道，使土匪失去了招徕百姓的根基；他通读兵书，学以致用，屡屡有破敌的奇计良策。最后，王阳明基本平定了多年的匪患，也获得了极高的个人声誉。

平定南方匪患不久，明朝又遭遇大难，是势力强盛的宁王反叛，图谋多年，悍然发兵，打算一举拿下南京。朝廷一筹莫展之际，王阳明再次挺身而出，挟平定南方匪患之余威，集结兵力，在南昌一带奇袭宁王军队，打得叛军措手不及，烧死了宁王，迅速制服叛乱的军队，挽救了风雨飘摇的明朝宫廷。

王阳明在世的时候，有日本学者正在中国访学，拜王阳明为师，求教多年。王阳明的"心学"便传到了海外，在日本的影响经久不息。日本当代经营之神稻盛和夫，就获益匪浅，把王阳明的学说用以管理企业。

王阳明临终遗言，八个字，十分出名："此心光明，亦复何言。"作为在学术和实践中均获得成功的人物，王阳明的遗言，显得磊落大气。若有饱食终日、不求进取的他者，借用此话，就是在搪塞唬人了。

张居正 〔明朝〕

工于谋国，拙于谋身

一位历史专业的朋友，曾经告诉我，明朝中期开始，皇室有点乱，相比，文人大臣中，倒是出了不少奇才。这里，或许有水落石出的道理。皇室平庸，士子施展才干的机会，可能多些。不过，需要一个前提：皇帝虽然无能，却懂用人。

王阳明是奇才，紧挨着他的年代，明朝又出现一位奇才，被后世称为"千年一相"的张居正。张居正四五岁的时候，王阳明已经谢世，他们之间不会有交集。不过，少年求学时代的张居正，可能听到过王阳明的故事，当是激励他成长的榜样。

张居正只活了五十七八岁，不算长寿。他的前半生，平平而过。少时才气逼人，得功名如探囊取物。在明朝内阁中混了多年，看腻了大臣们勾心斗角的算计，找机会离开内阁，去基层历练。"处江湖之远，则忧其君。"士子报国之心不变，末了，又回到内阁之中。其时，明朝风雨飘摇，底层百姓生存困苦，张居正的回归，内心是有大抱负的。

这一次，张居正获得明皇朝的信任，位居内阁之首，整整十年，让张居正放手推进改革，强硬梳理吏治，铁腕整顿边防。他使出一系列的手段，最后达到国库充盈富裕、社会相对安稳的结果。皇帝无能，却会用人，算是个案例。

与张居正同时代，另有一位声名显赫之人，即海瑞。海瑞比张居正大十几岁，但寿命长，所以比张居正晚死很多年。海瑞看到张居正实施改革的全过程，又看到张居正死后的声名跌宕，他对张居正的评价，别具一格，仅仅是八个字，却直指要害："工于谋国，拙于谋身。"是海瑞对同道之辈的赞誉，也充满了无奈的叹息。

张居正执掌内阁的时候，明朝的边防时有危险。北面，游牧民族虎视眈眈，东面沿海，倭寇袭扰不断。在军事方面，张居正并没有像王阳明那样，亲力亲为。或许有自知之明，领兵打仗，非自己所长。除了运筹帷幄，用策略分化瓦解北方民族的入侵威胁，张居正主要的办法，是知人善任，让戚继光等军事将领处于有职有权的地位。这批将领南征北战，使明朝的边防，获得相对的安全。

张居正自己的精力，主要放在整顿吏治和推行税制改革方面。

明朝的吏治，好像从头到尾有点杂乱。我们在影视上，看到不少东厂西厂的故事，宦官与特务机关无法无天，那主要是明朝后期的事情，在张居正的年代，还不是主要毛病。明朝吏治一开始就不顺，恐怕与明皇室的基本思路有关。开国时，明太祖朱元璋为了集中权力，决定取消历朝沿袭的丞相制，皇帝直接领导六部。此后，由于运转不顺，做了些调整，设立内阁，也设了内阁首辅。从表面上看，这种制度，与现代社会的内阁制接近。但是，在皇帝的绝对权力之下，所谓的内阁，有没有实权，要看皇帝的喜好，愿意授权几何。这样，政权上下衔接和治理，容易出现极大的缝隙。

在众多的缝隙里，宦官的权力，开始野蛮

生长。前朝的丞相制，一般事务由一个或几个丞相处理，再呈报皇帝首肯。明朝的内阁，则往往缺乏足够的授权，因此，无论内阁成员，还是地方大员，要获得皇帝的信任重用，走宦官门路，成为首选途径。其中的腐败和混乱，可想而知。同时，地方官吏，知道内阁权力有限，因此常常不把内阁放在眼里，益发显得政令不通。各行其是，敷衍懒政，成为官场常态。

张居正整顿吏治，当然不敢触动丞相制还是内阁制的根本，他只能在现行制度下，努力保证吏治的运转顺畅。

张居正整顿吏治，第一步是制定"考成法"，分月考和半年核查。是否落实上面下达的指令，由月考检验，半年再次核查进展，按月考和半年核查，决定奖惩。这种手段有效解决推诿懒政等官场积弊。张居正的第二步棋，是稳定地方官员的任职时间，按现代语言，就是实行任期制，不随意更换调职。这样，既可以督促官员安心在任所做事，又可防止忙于跑官求升职的恶习。张居正在上层和基层都干过，深深知晓官场通病。他的措施，不可能根本解决问题，但是切中要害。

张居正推行的改革，比较具体的目标，是希望让老百姓有活路，让国库充实盈余。他是有大智慧的人，当然明白，唯其如此，改革成果看得见摸得着，才能从上到下得到支持。他决意改革税制，实施所谓的"一条鞭法"。这种税收方法，并非张居正首创，他只是把过去未曾落实的制度坚决贯彻。简单解释，就是把各种税赋、徭役和杂费，统一以田亩为基础计算。这样，计税简单明晰，限制了其中的营私舞弊，同时也让百姓清楚自己的税负，有利于提升生产的积极性。前面说到的"考成法"，正是督促官员完成税收的制度保证。对税收的"考成"，非常实在，不是耍嘴皮子可以应付的。这里，还需要提及张居正的创新思维。他敏锐地察觉，商业活动，对明朝经济发展的重要性，决意改变重农抑商的旧制，在推行"一条鞭法"时，尽力合理确定商业的税负，使民间的商业获得露头的机遇。

张居正推行的改革，史称"万历新政"，依赖皇帝的充分授权，获得了成功。他去世之际，国库富足，社会安定，改革者张居正亦名满天下。不过，在他去世之后，事情渐渐发生变化，很多罪名罗织到他的头上。张居正强力推进新政，查办的贪官昏官不少，得罪的人太多，仇敌要反攻倒算，在张居正身后报复。他们寻找的替罪羊，便是张居正家族的成员。我们不得不佩服海瑞的见识。他说的"工于谋国"，是说张居正对明朝奉献甚伟，至于"拙于谋身"，当然得由张居正身后的灾祸予以注释了。

李贽 [明朝] 异数或早醒

长河激浪，千帆竞发。中华文化人物，展露英姿，即便从春秋战国百家争鸣算起，到明代中后期，也走过了漫长的两千多年。这时候，出来一个叫李贽的学者，被后世称为"异端"的人物。

自汉代董仲舒提出"独尊儒术"始，儒家历经风风雨雨，通过宋代朱熹和明朝中期王阳明的修补，儒学吸纳了佛道诸家的精华，俨然成为不可撼动的参天大树。李贽本是儒生，却跑出来驳斥孔子孟子的圣人之言，广泛批判各种经国济世的正道王策，叛逆之心，令众多读书人不寒而栗，斥为异端异数，是必然的。

李贽很早显露才华，大约在二十五岁就中了举人，之后，没有继续参加进士之类的考试。为了养家糊口，陆续做过几个小官。由于对仕途兴趣不大，又讨厌官场的腐败庸俗，喜欢个性自由，所以后来辞官而去。他和张居正生活的年代交集，但他显然没有张居正补天济世的执念。也许，他看穿了明朝的江河日下，其势不可逆转。因此，他的一生，大部分精力用于批判世俗，特别是批判文化知识界的愚昧。

李贽被当时的官场和文化人讨厌，在于他的批判锋芒毕露。夸张点说，他几乎批判所有被视为正统王道的认知。读李贽的观点，我甚至联想到四百多年后的一篇小说，那是鲁迅的第一篇白话文小说《狂人日记》。小说的主角"狂人"，翻开历史一看，通篇写着"吃人"的字眼。李贽的心境，与此相近，在他看来，孔孟以降，那些圣人经典，谬误百出，祸国害民。

李贽说了哪些大逆不道的话？

首先，他直接抨击《论语》等儒家经典，认为多数并非真是圣人之言；有的话，即使圣人说过，也是一时所发，不能成为后代必须遵循的言论；他强调，孔孟学说不是"道冠古今"的"万世至论"；他甚至觉得孔子没什么了不起，并非圣人。这样，李贽简直是刨了儒家的祖坟。

李贽尤其痛恨封建礼教的卫道士，说他们满口仁义道德，实际是掩盖自己卑鄙龌龊的假面具。他认为，那些读书而求得高官者，口是心非，言行不一，反倒不如"市井小夫"实实在在。此类尖刻的语言甚多，所以被斥为异端，众矢之的，在所难免。

李贽并非一骂了之，他有理论思考。他旗帜鲜明提出民本主张，"天之立君，本以为民"。主张社会平等，不分贵贱。这些思想相当超前，时间上早于欧洲资产阶级革命的宣传活动；比照孟德斯鸠等较早鼓吹资产阶级革命的人士，李贽的想法，要早了大半个世纪。在中国，李贽的这些思想，过于前卫，直到清朝末年，才被革命党人作为旗帜高高举起。

李贽敏锐地感觉到商业社会的巨大潜力，他反对重农抑商，这点，倒是和同时代的张居正不谋而合。他批驳儒家对私利回避的虚伪，主张承认个人私欲的合理，"私者，人之心也，人必有私而后其心乃见"。因此，商业利益交换，天然合理。他通俗地宣称，"穿衣吃饭，即是人伦物理。"这些观念，在封建假道学盛行的岁月，是离经叛道的。

李贽强烈地追求个性解放，思想自由。他不愿做官，宁可在民间讲学，原因也是在此。他的讲学，在市井大受欢迎，甚至吸引了许多女子。为什么？因为李贽主张婚姻自由，主张尊重妇女权利，这在当时都属于破天荒的声音。李贽在民间，在下层，知音甚多，因为他是平等的鼓吹者，王公贵族不高贵，市井走卒非卑下。中国推翻封建王朝统治时的口号，辛亥革命前鼓动群众的言论，在几百年前，很多话已经被李贽说过。

李贽七十岁的时候，与西方传教士利玛窦在南京相遇，后来，两人几次晤谈，彼此欣赏，有惺惺相惜之感。接触西方科学知识和社会科学，也许可能激发更多的新思想。可惜，他正在走向生命的尽头，没有时间了。

李贽种种近似"疯狂"的言论，自然无法被当时的统治者容忍。最后，他被诬陷入狱。不愿低头的李贽，选择了自杀而亡。

当欧洲经历文艺复兴而开始资产阶级革命的时期，中国由明后期的黑暗腐败而进入清朝八旗辫子的统治，错失了现代化的历史机遇。李贽的呼喊，只是在历史中留下微弱的反响。不过，多少反映了中华学人的抗争和不甘。

徐光启 ［明末］

"中西会通"的拓荒者

大明行将终结的时候，出现一位视野开阔的文化人物，出生于上海的徐光启。徐光启在生命的最后几年，被任命为内阁次辅，是崇祯皇帝期望力挽危局的人物。不过，正如前人感叹过的，"时也命也"，智者如徐光启，也无法拯救一艘千疮百孔的破船。即使他想用自己的智慧救大明于水火，各种强大的阻力，亦让他束手无策。比如，他的一项简单的建议，购买澳门葡萄牙人的火炮，抵御北方入侵的军队。大明军队的将领们，竟然毫无理由地抗拒，最后不见下文。

徐光启比李贽小三十几岁。他们是否相遇，没有资料佐证。不过，他们都和传教士利玛窦成为朋友。利玛窦等人，带了一大批书籍来中国，是西学东渐的推动者。李贽暮年，没有时间消化新来的西方科学文化知识，这个使命，落到了徐光启身上。徐光启当之无愧，是"中西会通"的拓荒者。

徐光启在见到利玛窦之前，就是一个对科学技术有广泛兴趣的知识分子。感伤于晚明遍地饥民的惨状，他着力研究古往今来的农耕问题，期望对于老百姓的生存有所贡献。他后来编写出《农政全书》，是毕生心血的结晶。他关心水利建设，在《农政全书》中，多卷专门论述水利问题，对北方和南方水利建设的异同，分门别类阐释。中华以农耕立国，从上古人物——比如尧舜禹开始，就明白水利对民族生存的无比重要。《农政全书》汇集数千年的农耕经验教训，自然包括水利建设。在农业方面，徐光启不但著书立说，还积极实践，比如推进"番薯"进入中国广袤的田野。他认为，这种产自南美的植物，产量高，对种植条件要求低，大规模种植，有助于缓解民间的饥饿。他还试验把南方的水稻移植到北方，亲自在天津搞了移栽水稻的园地。

徐光启智慧盛开，被称为放眼看世界的第一人，特别作为，应该是在遇见利玛窦之后。智者思想火花碰撞，中西文化会通，在古代中国的后期，留下了深深的轨迹，乃至穿越清朝三百年的统治，一直影响到辛亥革命之后的中国社会。

接触西方科学知识，让徐光启十分着迷的，首先是数学。徐光启饱读书籍，当然知道中国古代就有《周髀算经》《九章算术》等著作，不过，与西方数学著作相比较，徐光启感觉差距甚大。在系统性和严密的逻辑推理等方面，中国古代数学存在明显不足。至于从皇室到普通知识分子，对数学缺乏起码认知，更是千年的大遗憾。

徐光启敏锐地认识到数学的重要，他提出了鲜明的观点，数学乃"不用为用，众用所基"。现代科学的基础在于数学，而中国的传统教育，基本排斥数学，科举考试也没有数学的内容。传统的轻视商业贸易和自然科学的社会意识，导致对数学的漠视，以为会点数字计算即够用。徐光启希望做点实事，来扭转这种趋势。他决定与利玛窦合作，翻译欧几里得的名著《几何原本》，正是出于这样的目标。他是能够直面现实的智者，非常清楚，翻译出来的《几何原本》，当下难以被人重视；但他十分自信，知道《几何原本》的生命力，百年之后，人人要读。徐光启的预见，非常深刻，只是在时间上乐观了。他无法预料，后世将遭遇三百年与世界隔绝的清朝统治。《几何原本》知识的普及，要等到辛亥之后，等到国民教育的全面更新。徐光启翻译所确定的"几何"一词，毫无争议地沿用至今，正是对这位前驱者的告慰。可惜的是，《几何原本》翻译到一半，完成六卷之时，利玛窦声称事务繁忙，不能继续，几年之后，利玛窦去世，翻译更是不得不停止。不过，已经完成的六卷，刊印之后，慢慢进入了知识圈的视野，流传开来。

徐光启提出，数学乃"众用所基"，自己率先实践。他被崇祯授权，重新编写历法，就积极运用西方先进的数理逻辑。比如，他要求建设观察天象的新式仪器，并且下达指令，天文要反复观察，得出大量数据，比较积累，从中寻找天体运行规律，而不是凭一两次的观察数据，主观做出结论。这样的要求，与现代科学实验的规则已经贴近。

徐光启对于天文知识的兴趣，也是由来已久。崇祯让他新编历法，倒是让他的才学，有了发挥的机会。按朝廷的盘算，修历法，历来属于盛世之为，崇祯命徐光启做此事，暗含着福佑天下、时来运转的玄机。徐光启不负重托，带领团队，夜以继日，取中国数千年的历法精华，加以西方天文地理的新知识，完成了一百三十七卷的新历。徐光启亲手订正的达一百余卷，剩下三十余卷，徐光启"手订及半"，油尽灯枯，撒手而去，是他的助手接着完成。历法的内容，十分新颖，包含了最新的科学知识，比如，地球是圆的，地球的地理气候与经度纬度的关系等等，在计算方法上，介绍了西方数学的公式，还绘出了表现当时认识高度的全星图。

历书编得再好，也无法挽救摇摇欲坠的大明王朝，倒是让清朝统治者拣了便宜。本来应该命名为"崇祯历法"的新历，在清朝之初，被稍加修改，由一个传教士献给清廷，成为大清的历法。献历法的传教士，曾经被徐光启雇佣，参与修历，在朝代更替之际，他窃取成果，把历法作为自己的创造献给清朝皇帝。其人品如何，不在此讨论。只要想想，一位外来的传教士，理解西洋知识没有问题，如何有本事将西洋科学概念与中国复杂的气候水土地理等完美结合？仅仅是中国独特的二十四节气，要搞清楚原理并与历法完美衔接，就不容易。这些功劳，主要归于徐光启。徐光启毕生研究中国农耕，天文地理，北山南土，了然于胸，更有皇皇大著《农政全书》为证。不过，传教士向大清献历书，徐光启修历时耗费的心血才智，总算得以保留下来，流传至今。比如说，中国原来计算时间的标准，为"十二时辰"，而各国通用二十四个时间单位；徐光启聪明，把十二时辰一分为二，每个时辰变为两小时。"小时"的词义也是由此产生。原来的"时辰"对半开了，"大时"就成为"小时"。徐光启的新历，在处理"阳历""阴历"和"农历"的关系上，也体现了足够的智慧。既承认地球围绕太阳转制定的"阳历"，与世界各国接轨，又保留中国传统按照月亮与地球关系制定的"阴历"，其间的时差，做适当处理；同时，突出二十四节气，以利于农业生产，成为"农历"，这种思维，与徐光启长期研究农耕问题，是分不开的。

徐光启主持的新编历法，来不及被崇祯正式推行，仅成为大明的挽歌，余音缭绕，好似一声悠长的叹息。

顾炎武 [明末清初]

天下兴亡，匹夫有责

我们只有努力进入当时的情景，才能理解明末知识分子内心的崩溃，理解他们天塌地陷的痛楚，从而理解他们的愤慨，种种激进的言行。

貌似繁华的明代社会，在清军的进攻下，竟然毫无抵抗还手之力。类似"扬州屠城""嘉定三屠"等残酷消息，纷至沓来，让民众义愤填膺。知识界的末日感，尤为深刻。蔓延几千年、曾经让世界惊叹的汉唐文化，难道就此终结？尽管反抗无望，坚持不与新建立的清王朝合作，是知识分子残存的气节。

后世可能诧异，为什么明末文人持如此见解，努尔哈赤们做了皇帝，汉文化就要终结？事实证明，以方块汉字为基础的文化，生命力非常顽强，前面是元搞了近百年，后面是清搞了近三百年，汉文化受到种种限制和打击，但始终没有消亡。明末知识分子的末日感，是否过于绝对了？

顾炎武是不得志的底层文化人，明代秋考落第的书生。他并未因为个人的遭遇，转而投靠新朝廷。南京被清军攻陷之后，顾炎武参加了家乡的抗清活动。失败后，顾炎武离开家乡，继续不合作的顽强姿态，开始浪迹各地，游历北方各地，访学求友。顾炎武的学识，主要是靠自学，他主张"学以经世"，游历各地，注重寻访各处的地方文献。山川要塞，地理物产，都是他关心的内容。他的心中，始终没有放下反清复明的志向。他说过，"保天下者，匹夫之贱，与有责焉"，这是他内心真诚的表达。一个明朝落第的书生，比许多贪生怕死的高官，更具备勇敢的担当精神。后人将顾炎武的话，演绎为"天下兴亡，匹夫有责"的口号。之后，在中华民族遭遇重大危机的时候，例如日本侵略者妄图灭亡中国的时候，这句话是号召民众的铿锵呼喊。

有人质疑上述口号，认为"天下兴亡，匹夫无责，肉食者谋之"，这是偷换概念的谬论。社会出了问题，责任当然由掌权者承担。顾炎武的意思，我们普通人，也应该尽力而为，做一点奉献。中华文明绵延五千年，其间出过各种各样天崩地裂的大问题，政权的更迭难以计数，全民族的精神合力始终不变，终究化险为夷。世界上伟大的民族，都有这样的精神。法国小说《最后一课》，那位普通的老师，在侵略者下令停止法语教学的时候，他认真站好最后一班岗，给孩子们讲述法语的美妙，在幼稚的心灵中，播下爱国的种子。法兰西能够重新站立起来，不正是依靠许许多多不屈的"匹夫"吗？

明亡清继的问题，有点复杂。炎黄以来，我们走的就是多民族共存共荣之路。汉民族人多地广，一直是中原为核心的区域的主导力量。少数民族政权统治中原乃至更为广阔的地区，是较少的现象。清军进入中原之后，众多知识分子坚持反抗，坚持不合作，原因多样。既有清军屠城等残暴行为的刺激，也有担心汉文化消亡的忧患，还有不能接受少数民族政权的偏见。

与顾炎武同时期的，王夫之更加偏激一点，他认为，政权的更替，都可以接受，只是不能由少数民族入主。现在来看，这个观点片面。但是，我们不必苛求古人，不能以今天民族大团结的高度批评明末的反抗者。王夫子博学多才，性格刚烈。曾经多次参加抗清的活动，屡屡遇险而不退缩，也多次拒绝接受清政府递过来的橄榄枝，自称"亡国遗臣，所欠一死"。王夫之的才学和刚烈，在两三百年之后，清末的革命党人中影响甚大，谭嗣同就对他称赞不已。王夫之晚年居住于湖南衡阳石船山，世称"船山先生"。辛亥之后，为了纪念他，湖南创立船山学社，毛泽东青年时期创办的湖南自修大学，就设在船山学社原址。可见王夫之影响深远。

在坚持与清廷抗争的同时，顾炎武等人，更多地反思明朝轰然崩塌的深层原因。痛彻心扉的思索，使他们走向质疑封建君主制度的方向。顾炎武主张"明道救世"，对封建王朝的"君权"提出疑问，显然是涉及了中国封建君主制度日暮途穷的要害，是民主启蒙思想的发端。

在这个方面，与顾炎武同期的黄宗羲，表述得更加彻底。他明确反对封建君主专制，提出"天下为主，君为客"，强调法治，呼吁必须"以人为本"，社会治理的好坏，要以民众的生活感受为准。这些想法，与现代社会观念相当接近了。

上述具备民主启蒙思想的呼吁，有跨越数百年时空的魅力，到清末，在推翻封建君主专制的运动中再次响彻天宇，山川回声，激扬不绝，成为革命党人高扬的旗帜与战斗的武器。

曹雪芹 [清朝] 此生只为一书

本书的目标，是讨论历史文化人物，探讨他们的思想、行为，以及与文化源流的关系；他们的作品，则成为评点人物的佐证材料。

写到曹雪芹，困难来了。曹雪芹本身的资料不够丰富，世人看到的文字，主要是他的巨著《红楼梦》。我们坚持体例规范，尽量从曹雪芹本体着手，去认识他的行为与思想。

反复盘桓比较，一个想法渐渐浮现出来：曹雪芹的生命，似乎注定为他的巨著而存在，而消逝。一生只为一件事，这句略显夸张的话，用在曹雪芹身上，恰如其分。

曹雪芹的家族，是清代大富大贵的望族。从小，无忧无虑的纨绔生涯，是曹雪芹少年时代的写照。这是曹雪芹以后能够创作《红楼梦》的地基。没有如此的生存环境，谁也无法凭空构造荣国府宁国府那般人间天上的景致。一般的士人，还不如那位刘姥姥，连跨进贵族大院深宅的机会都没有，别说细腻地探究里面的角角落落。

清廷对于汉族高官，向来是恩威并用，不会让你世代巨富，以防尾大不掉。雍正年间，曹家突然失去皇室恩宠，顿时从天堂坠向地面，抄家之后，又要还债，生存状态，甚至比一般小户人家还要窘迫。曹雪芹由万千宠爱的宝贝疙瘩，变为破落户子弟。对他个人而言，是天大的悲剧。从未来巨著《红楼梦》诞生的考量，却是催生的机缘。如果没有这样的巨变，曹雪芹的一生，恐怕仅是吃喝玩乐的纨绔子弟。纵然天资聪颖，亦不会十年辛苦，花苦力于文字的推敲之中。毕竟花前月下的甜蜜，远胜于写秃毛笔的苦力。人性的强大，不言而喻。至于《红楼梦》蕴藏的大喜大悲大悟的哲理，没有经历从天上掉入深渊的苦楚，是难以体验而表达出来的。

曹雪芹从小受到良好的教育，又是聪慧的孩子，读过儒道释诸子百家，诗词书画，广泛涉猎，《红楼梦》所需要的知识储备，一应俱全；儒雅文风的训练，也非一日之功。读《红楼梦》，感叹中国文化的丰韵，作者的修养，是贾府那般人家方可精致地造就。

即便抄家之后，曹家避难北京，曹雪芹还

有一帮哥们兄弟，可以带他进出各种王府，见识顶层贵族的生活。否则，光凭儿时记忆，曹雪芹依旧无法落笔如有神助，将贵族大院里的秘密，写得如此津津有味。

曹雪芹创作巨著的诸种条件，均已具备。他的大半生涯，大富大贵或者穷困破落，似乎乃苍天安排，均在为《红楼梦》的诞生铺垫。现在，我们要努力进入他开始创作时的心境。

当家族败落，仕途无望，生活的其他门径都已封闭，曹雪芹如何处置自己余下的生命？浑浑噩噩，买酒自醉？按他的北京哥们的文字记录，着实也如此混过一阵。天才终究是天才，曹雪芹到底不甘心无聊地消耗掉自个儿的天资。早年，他曾经游戏笔墨地写过一部《风月宝鉴》。拿出来正儿八经地修改，完成创作，好像是眼下曹雪芹可以选择的余生之路。北京那几个公子哥儿，属于他的粉丝，向来崇拜他的满腹经纶，也不舍得埋没了曹雪芹的一身才学，纷纷鼓励他干这个活儿。那时候，还没有稿费版税一说，曹雪芹创作小说，换不了钱财，一是自娱，二是让才华身心有个安顿之处。

那么，曹雪芹为自己的创作预设了什么目标？

曹雪芹没有留下"创作谈"之类的文字，我们只能从《红楼梦》中的文字，来推测他的想法。曹雪芹借作品人物之口，例如高高在上的贾母之口，批评过市面上胡编乱造、乌七八糟的文本，曹雪芹显然不会步其后尘。他根本看不起按套路演绎的陈旧故事，他赞成写真实的生活，他认为自己亲眼所见的几个女子的鲜活生命，比瞎编出来的故事，有意味得多。他的《红楼梦》，是根据自己熟悉的、长期浸染其中的生活而创作，正是小说透露出来的作家的文学主张。尽管他没有说出现实主义这个词儿，方向是八九不离十了。有研究者认为，明代李贽关于创作的"童心说"和尊重妇女权益的观念，影响了《红楼梦》女性群像的塑造。按曹雪芹的博览群书，读过李贽的著作，非常自然。至于获益多少，他自己未说，就很难估量了。

在曹雪芹的前面，已经有不少优秀的大作品。《三国演义》，是历史演义类小说的高峰；《西游记》，是神怪类小说的高峰；《水浒传》，是英雄传奇类小说的高峰。作为类型小说的高峰，它们具有相似的优秀处，首先是人物塑造的活龙活现、深入内心；其次是故事的跌宕曲折、引人入胜。曹雪芹天分高，他的目标，不是写一部泛泛之作，必须全面超越前人，才能在生活走入绝境的时刻，全身心笔耕。他居住于破旧的陋室，下雪之时，眼前白茫茫一片，全身冻得发抖，心中有个大目标，才能咬紧牙关，强迫自己把全部精力投入文字之中。

别出一格的现实生活题材，从未表现过的春水一般多情善感的女性群像，曲径通幽的人间情致，儒道释诸子思想精髓的融会贯通，这些，都是曹雪芹作品得天独厚之处。给曹雪芹增加底气的，是他丰厚的文化修养。

后人评价，《红楼梦》具备的反封建意义，或者说是中国文化的百科全书，那些阐释权，且留给后世评论家。曹雪芹创作，不会按照后人的猜测，想得如此复杂。但是，作为一个文学大家，他的基本判断不会错，自己的这本作品，将是石破天惊的巨作。《红楼梦》，曾名《石头记》，女娲补天留下的石头，补天无望，尚可化为惊世之作。这个信念，支撑着贫病交加的曾经的纨绔子弟，一年一年地写下去。

到四十八岁那年，曹雪芹的身体实在坚持不了，此前，幼子在贫困中夭折，也许是压倒曹雪芹的最后一根稻草。一位文学巨人，留下写到八十回的心血之作，去了太虚幻境。

仅此八十回，曹雪芹就站上了中国古典文学的巅峰。有唐诗宋词，有《红楼梦》，中国古典文学，在世界文学之林中毫无愧色，与莎士比亚们比肩而立。

曹雪芹四十八年的生命，全部为了锻造这部惊世骇俗的精品。作家的苦命，换得文学的辉煌。

龚自珍 [清后期]

万马齐喑有呐喊

对清朝统治的评价，存在虚夸的成分。康熙雍正乾隆年间，社会相对太平，老百姓的日子过得去，说成"康乾盛世"，并且说 GDP 世界第一，有点夜郎自大。清廷的战略，与世界发展的趋势逆向而行；至于数据上的"第一"，以农业人口的绝对庞大，计算出来的所谓 GDP，缺乏实际意义；农耕社会，GDP 一边产出一边大量被消耗，社会财富难以积累。到嘉庆皇帝之后，特别是到了道光皇帝的手上，社会虚假的太平，也难以维持了。

龚自珍就是生活在嘉庆至道光的时期。就朝廷而言，龚自珍只是个无足轻重的小官，比同朝好友林则徐官阶低得多。不过，从文化思想源流上考察，龚自珍是晚清时代非常值得研究的人物。

清统治近三百年，文化思想不活跃。汉唐雄浑的气度，不去比了，宋明的长河奔腾、奇峰兀立，也没了踪影。清朝统治者对于汉文化的态度，是合则用，不对胃口的，极力打压。夷九族的利剑高悬着，谁敢乱说乱动？龚自珍的诗句"九州生气恃风雷，万马齐喑究可哀"，已经相当大胆。没人告发，属于幸事。

龚自珍是敏感之人。他虽然生于多年为官之家，从小不缺衣食，但他洞悉民间疾苦，认为清朝已经进入"衰世"，危机四伏；并且敢于进一步分析，认为表面过得去的"衰世"不会持久，接下去可能到"末世""乱世"。这是智者可怕的预言。因为在龚自珍去世后不久，太平天国运动爆发，清朝末期的动乱，渐渐无法收拾。

龚自珍延续了顾炎武、黄宗羲他们的逻辑，认为封建君主专制是问题的症结。他比顾黄走得更远，提出的见解越发振聋发聩。他反对儒家的"君权神授"观点，从根本上否认了皇帝的绝对统治。他认为，清朝的君臣关系远远不如唐宋历代，君臣变为"主奴"关系，是言路不开、人才退化的根子；因为惧怕"文字狱"，朝中唯唯诺诺，著文只为稻粱谋，庸俗之风厉害。

龚自珍对清代社会制度的批判是全方位的。比如批判越来越走进死胡同的科举制度。他有切肤之痛。龚自珍参加过各种科考，屡屡落第，某次，因为文章的言论尖锐，考官唯恐让一位"愤青"高中，以奇怪的理由（楷书写得不好），把龚自珍压在低位。龚自珍认为，这样的科考，不可能选拔到真正的人才，"不拘一格降人才"，无从谈起。龚自珍对官场的各种黑暗弊病，都有深入批判，甚至连清廷压制盐铁等制造业的问题，也没有放过。后来，梁启超说过这样意思的话，闹改良的维新人士，几乎都曾着迷于龚自珍的思想文章；龚自珍对后世的影响，特别是对变法维新人士的影响巨大，说明他的思维超前。

龚自珍的视野相当宽广。一篇关于如何平定、治理新疆问题的殿试文章，震惊四座。他的各种策略设想，非泛泛空谈，具备操作性。几十年后，左宗棠出师新疆，审视采纳当年龚自珍的建议，他的策论有部分得以实现，证明了龚自珍的目光犀利。

道光一朝，最头痛的问题，是敢不敢禁烟。

禁烟，可拯救万千遭鸦片毒害的百姓，防止国家财富的流失，却会得罪靠贩烟发财的洋鬼子，影响清廷高官厚禄者的醉生梦死。林则徐是坚定的禁烟派，道光是摇摆派。禁烟失败于朝廷的内讧，投降派势力强盛，也失败于道光的朝令夕改。在朝廷上，龚自珍人微言轻，但他毫不动摇地主张禁烟，是林则徐坚强的支持者。当林则徐出发，准备南下禁烟时，龚自珍写了一篇送行的文章，文中，有的主张激进些，比如贩烟与吸食鸦片者都可杀，但总体内容为林则徐赞叹不已。龚自珍有远见地提醒，禁烟可能导致战争，要林则徐提前做好军事准备。

事态的进展，不幸被龚自珍言中。英国军队无耻地发动了鸦片战争，吓得手足无措的道光，赶紧对林则徐严加问罪，以求获得洋鬼子的宽恕。不久，林则徐被流放新疆，苦旅之中，还携带着龚自珍刻写了诗句的砚台，可见战友情深。处理掉禁烟派的首领，投降派们随后低头哈腰地与侵略者谈判，开启了清王朝割地赔款的屈辱历史。

龚自珍绝望了。在林则徐南下后，朝廷内人心惶惶。支持林则徐的龚自珍，被人诬陷打击。他知道清朝没得救，于是辞去了所有官职。某个深夜，他孤独地离京时，内心未免凄苦。也许，他会想起自己的学术推理，清朝的"衰世"，将走向"末世""乱世"。当然，他不是神仙，他不会猜测到十年后的太平天国运动，不会预料光绪年间康梁发动的维新变法，更不会猜测到六十年之后的辛亥革命。

在龚自珍离世之际，林则徐已经流放新疆，屈辱的《南京条约》尚未签订。龚自珍是否在绝望中带着某种企盼，我们不得而知。

梁启超 ［清末民初］

巨变年代的尴尬

本书体例，所选人物，截止辛亥之前。人的寿命，不会依据我们设置的体例，戛然而止。当我们决定以梁启超作为收尾人物，随即发现，虽然让梁启超成名的重要活动，处于辛亥年前，不过，辛亥之后，他的生命延续很久，甚至跨越了时代交替的五四时期，其间，梁启超一直保持着旺盛的政治活力。那是巨变年代，两千多年的封建君主专制体系，轰然崩塌，梁启超的多半生命，在此关节点之前，另有十七八年，则在此之后。至于他的大尴尬，后面来说。

尚未认识康有为的时候，梁启超属于"天才少年"一类人物。有爱国之心，面对清末社会的腐败黑暗，却不甚清楚，该如何救国。当康有为出现在梁启超面前，其力主变法维新的宏论，通晓古今政坛的韬略，令梁启超崇拜得五体投地。从此，他坚定地追随康有为，踏上救国谋变的艰巨行程。康有为也需要这样一个智慧而能干的高足，两个人的关系，既是师生，又是并肩战斗的同仁。

光绪二十一年，康梁二人到北京参加会试，正值卖国丧权的《马关条约》签订。在京的士子们群情激愤。康有为、梁启超牵头，发起了致清廷的"公车上书"，要求废止卖国条约，拯救华夏。梁启超是起草文件、联络各方的核心人员。康有为创办《万国公报》，梁启超又是主要撰稿人，每天撰写精炼的文字，唤醒民众，鼓吹变革。一时间，成为变法维新的风云人物。由于梁启超的名声日益见长，上海办《时务报》，便邀请梁启超去主持笔政。这对梁启超既是重要历练，又是独立展示才干的机遇。他锋芒毕露的政论，在充满迷茫的清末社会，成为许多士子获取思想力量的源泉。

在此之前，明清两朝，李贽、顾炎武、黄宗羲、王夫之、龚自珍等民主启蒙人物，对封建君主专制的批判，已经不少。梁启超承继前代贤人，系统地展开论述，必须变祖宗之法，推倒两千多年的封建王朝制度。

梁启超认为，"唯天子受命于天，天下受命于天子"的说法，是谬传数千年的荒唐说教，与民权理论格格不入。他大胆阐述，社会已经溃败，唯有变祖宗之法，方能自救："法者，天下之公器也；变者，天下之公理也。"至于如何变法，他也表达了明确的认知，就是学习各国成功的经验，搞"君主立宪"。当时，对中国社会影响比较大的外国，是英国和日本。梁启超认为，他们实现"君主立宪"，才使国力大增。

当时，北京、上海的报纸，有全国的影响力，梁启超的文字，日日见于两地的报章，自然成为号召变法维新运动的领袖人物，渐渐与康有为地位相当。

不久之后，由于德国出兵占领胶州湾，国家危亡越发明显。光绪皇帝终于行动起来，开始出面支持变法维新。光绪皇帝召见了梁启超，命他进呈"变法通议"，对梁启超大加赞赏，还封了不小的官。

中国学子，向来有"士为知己者死"的传统。光绪皇帝的赏识，让梁启超，当然也让康有为激动不已。他们主张的"君主立宪"，似乎出现在地平线上。他们认定，光绪是有为的皇帝，是助力"君主立宪"成功的天选之人。这种感恩意识，让康梁在辛亥前后迷失了方向，成为"保皇派"。有的学人难以接受康梁的异化，强烈鼓吹变法维新的先驱，如何堕落为清廷的"保皇派"？殊不知，康梁既然选择了"君主立宪"的方向，总要有"君主"来搭伙啊。他们认定了光绪这个明主，是完成大业的基础。

康有为、梁启超到底还是书生，不懂清廷政治的复杂。他们认为，只要抓紧了光绪，变法维新可以成功。没料到，慈禧一出手，"百日维新"立刻土崩瓦解。康有为梁启超亡命日本。唯有谭嗣同等义士，不肯逃跑，决定以血唤醒国民，甘愿束手就擒，最后在菜市口惨遭毒手。

梁启超逗留日本期间，与革命党人有密切来往，一度甚至到了讨论"共同立会"的程度。

由于康有为的坚决反对，梁启超只能与革命党人切割，回到"保皇派"的立场，继续寄希望于光绪的回归，做"君主立宪"之梦。方向错了，梁启超的地位就越来越尴尬。辛亥之后，眼见得"君主立宪"已经绝无可能。梁启超为自己的政治生命另谋一条出路，就是投奔北洋军阀。袁世凯、段祺瑞等人，当然知晓梁启超的名声和影响，先后让他出任高官。不过，梁启超终究处于尴尬的地位。起初，他想好好辅佐袁世凯，把袁某人当作曾经的明主光绪。谁知，袁世凯却要恢复帝制。梁启超没办法装傻，总算守住了自己的底线，参与了讨袁护法的活动。他在段祺瑞政府里的地位，依旧尴尬。官做得不小，做到财政总长这样好像有实权的官。不过，真要做一点实实在在的好事，那就难了。方向错了，谁也没有回天之力。北洋军阀之间互相争斗不息，1917年，孙中山发动护法运动，段祺瑞政府终于垮台，梁启超悄悄地离开了政治舞台。

　　曾经激扬文字、号令天下的梁启超，到后来，左右失措，总是尴尬，不是因为丢了才学，失去智慧，而是选错方向。从历史的弄潮儿，到时代的落伍者，一步之遥。

后　记

写完这部书稿，轻松之感，油然而生。

二十年来，对中华文化人物的阅读和思考，系列简写的夙愿，融入六万多文字之中，我也不必再费脑力盘桓了。

在历史人物的选择和历史材料的辨析方面，陈达凯、卞毓麟等老朋友，给予热情的帮助，在此深表谢意。

本书由上海文化出版社和香港中和出版公司同时推出，中文简繁体两种版本，能够与更多的华文读者见面，是两位出版人姜逸青先生和陈鸣华先生对我的鼓励与支持。他们迅速审读文稿，认真肯定本书的个性与价值，让我多了自信。写作此稿时设立了目标：为非历史专业的读者，提供简略而系统浏览中华文化历史的读本；直说一家之言，不求尽善尽美。上述两点，似乎基本实现。

著名学者和资深出版人陈万雄先生，热情为这本小书作序，令我由衷感激。获得他的青睐，是成稿后收获的意外惊喜。

期待着读者朋友们的批评指教！

2023 年 4 月

图书在版编目（CIP）数据

长河千帆过：中华文化思想源流 / 孙颙著 . -- 上海：上海文化出版社，2023.8（2023.10 重印）

ISBN 978-7-5535-2785-7

Ⅰ.①长… Ⅱ.①孙… Ⅲ.①中华文化－文集 Ⅳ. ① K203-53

中国国家版本馆 CIP 数据核字（2023）第 120524 号

出 版 人：姜逸青
责任编辑：赵光敏
装帧设计：姜 明
内文排版：方 明

书 名：长河千帆过——中华文化思想源流
作 者：孙颙
出 版：上海世纪出版集团 上海文化出版社
地 址：上海市闵行区号景路 159 弄 A 座 3 楼
邮编：201101
发 行：上海文艺出版社发行中心
上海市闵行区号景路 159 弄 A 座 2 楼 206 室
邮编：201101
印 刷：上海雅昌艺术印刷有限公司
开 本：787 × 1092 1/32
印 张：8.25
字 数：92 千字
版 次：2023 年 8 月第一版 2023 年 10 月第二次印刷
书 号：ISBN 978-7-5535-2785-7/I.1074
定 价：58.00 元

告读者 如发现本书有质量问题，请与印刷厂质量科联系
电话：021-68798999